中国艺术研究院基本科研业务费院级学术研究项目

项目编号：2021-1-9

新时代文艺理论研究丛书

BOOKS OF RESEARCH ON LITERARY AND ARTISTIC THEORIES IN THE NEW ERA

审美测绘：
新时代文学批评实践研究（2014—2024）

AESTHETIC MAPPING:
A STUDY OF THE PRACTICE OF
LITERARY CRITICISM IN THE NEW ERA
(2014-2024)

李　静·著

文化艺术出版社
Culture and Art Publishing House

图书在版编目（CIP）数据

审美测绘：新时代文学批评实践研究：2014—2024 /
李静著. —北京：文化艺术出版社，2024. 8. —
（新时代文艺理论研究丛书）. —
ISBN 978-7-5039-7665-0　Ⅰ. I206.7
中国国家版本馆 CIP 数据核字第 2024S75R01 号

审美测绘：新时代文学批评实践研究
（2014—2024）

著　　者　李　静
责任编辑　刘利健
责任校对　董　斌
书籍设计　李　响
出版发行　文化艺术出版社
地　　址　北京市东城区东四八条52号　（100700）
网　　址　www.caaph.com
电子邮箱　s@caaph.com
电　　话　（010）84057666（总编室）　84057667（办公室）
　　　　　　　84057696—84057699（发行部）
传　　真　（010）84057660（总编室）　84057670（办公室）
　　　　　　　84057690（发行部）
经　　销　新华书店
印　　刷　国英印务有限公司
版　　次　2024年9月第1版
印　　次　2024年9月第1次印刷
印　　张　8.25
字　　数　150千字
开　　本　880毫米×1230毫米　1/32
书　　号　ISBN 978-7-5039-7665-0
定　　价　58.00元

新时代文艺理论研究丛书
编辑委员会

总　序

习近平总书记在哲学社会科学工作座谈会上的讲话中明确指出，坚持以马克思主义为指导，是当代中国哲学社会科学区别于其他哲学社会科学的根本标志；坚持以马克思主义为指导，核心要解决好为什么人的这个哲学社会科学研究的根本性、原则性问题。习近平总书记强调，我国哲学社会科学要有所作为，就必须坚持以人民为中心的研究导向。

中国艺术研究院是我国唯一一所集艺术研究、艺术教育、艺术创作、非物质文化遗产保护和文化艺术智库于一体的国家级综合性学术机构。中国艺术研究院要认真贯彻落实习近平总书记的重要讲话精神。

首先，做真学问。真学问就是以人民为中心的学问，就是有情怀、求真知、守真理、为人民的学问。全院学者需心系人民、用心用情，努力以高质量的艺术研究成果服务于人民日益增长的美好生活需要。

其次，要做大学问。全院要从国之大者的高度认识艺术研究，开展艺术研究，不能将艺术研究变成一己喜好、杯水风波。我们鼓励个人研究与国家需要相结合，鼓励专家学者既立足现实又眼光长远，努力以高质量的艺术研究成果助力中国式现代化，助力中华民族伟大复兴。

再次，要做有根的学问。一是从中华文明的"突出特性"，特别是"连续性"出发，认识中国，认识中国艺术，努力把马克思主义基本原理同中国具体实际、同中华优秀传统文化相结合，建设中华民族现代文明，推进艺术研究工作。二是要从中国艺术研究院的学术传统出发，赓续好"前海学派"的学术精神、学术作风、学术方法，以中国艺术学"三大体系"建设为抓手，力争在重点领域取得突破性成果。

"新时代文艺理论研究丛书"以习近平文化思想为指导，在反复研读习近平总书记文艺工作重要论述的基础上，精选党领导文艺的经验研究、新时代人民文艺论述研究、新时代优秀文艺作品理论研究、新时代文艺批评研究、新时代文艺市场发展和治理研究五个专题，既进行理论探讨，也对一些重要文艺现象、作品进行评析，总结党在领导文艺工作的不同阶段，特别是党的十八大以来，创造性运用马克思主义基本原理解决文艺问题时进行的探索、取得的成果、凝萃的经验，以及对中国特色社会主义新时代文艺工作的指引作用。应该说，这是一套具有较高质量的学术丛书，是学习习近平文化思想的初步收获。

今年是习近平总书记《在文艺工作座谈会上的讲话》发表10周年。在这个特殊的年份出版这套丛书，既是献礼，也是为了表达我们的心声：我们将继续努力，以高质量的艺术研究服务人民、服务国家。

周庆富

2024 年 4 月 15 日

目录

171　附　录

引　言

　　本书所观察的 2014—2024 年中国当代文学批评实践，是指这十年间批评家身处文学现场的言说与行动。这意味着本书不会详细复述中国当代文学批评七十余年的历史过程（关于批评史已有诸多成果），而是以刚刚过去的十年为观察区间，谛听话语的潮来潮往，追寻批评的来龙去脉，借此"测绘"这一时段制约、影响批评实践展开的关键力量。本书尤为关注"动态"的批评行动，批评界的跨界联合与自我革新或许是这十年间最具华彩的段落。

　　读者不难发觉，"测绘"的概念来自杰姆逊提出的"认知测绘"。在批评话语与实践极其繁多、各类理论争相而出的此时此刻，我们特别需要在总体化视野中定位自身，获得自身与历史真实之间的关联。刘复生便借"认知测绘"这一概念描绘了心目中的理想批评："作为批评战略的总体化和认知测绘，要求批评要站在当代文化的上方，走在它前面。通过对复杂中介和多元决定格局的敏锐洞察，重新测绘。它要在玻璃幕墙林立的现代都市空间抽身而出，上升到高空进行观察，从而对当下进行诊断和分析。"① 在信息爆炸的年代里，敢于学习做一名"上升到高空"的"测绘者"，需要有着西西弗斯般的劳作纪律与乐观精神——万物尚在变动，但与此共生的基于总体性而来的"诊断和分析"仍不可缺少，这正是文学批评这项工作存在的基本责任。换言之，文学批评并非科学主义的产儿，它无法以经典性与确定性为自己赢得尊严，而必须与不确定性共舞，作为一种审美实践参与时代文化的建构。

也正因为这项工作的巨大难度，当前大多数的文学批评并不令人满意，这已经是所有人都可以调侃几句的"常态"。罗长青在《"缺席"与"失语"：当下文学批评的社会化质疑》一文中使用量化统计的办法，发现 20 世纪 90 年代中期以来学界一直存在对文

---

① 刘复生：《理想的文艺批评什么样？——重读杰姆逊的感想》，《文艺报》2022 年 4 月 6 日。在本书撰写过程中，发现也有学者以"批评测绘"命名自己的工作，如蔡志诚的《批评测绘与话语历险》（河北大学出版社 2019 年版）。此书的论述范围集中于 20 世纪八九十年代至 21 世纪初，与本书所述时段有异，具体方法也不尽相同。更早的如贺桂梅《批评的增长与危机》（山西教育出版社 1999 年版）是在 20 世纪末对刚刚过去的 90 年代批评进行梳理，她自称此书是在"有所取舍地'画'出一个'文化地形图'意义上的学术地图"。（第 3 页）同年出版的戴锦华的《隐形书写——90 年代中国文化研究》（江苏人民出版社 1999 年版）则描绘了 20 世纪 90 年代中国大众文化地形图。这些研究对于我们进入 20 世纪 90 年代文学文化有很大帮助，但这类文化地形图式的总论在当下分工日益细密、以某个具体问题为导向的论文生产中，越发少见。另外，在本书的撰写过程中，年度批评综述、文学发展年鉴等都有"重返历史语境"的重要参考价值，但在目前的学术评价体系中，这类写作没有得到应有的重视。

学批评缺席和失语的讨论，且逐年递增，21 世纪后更为激烈。^①比如，1992 年，吴亮曾以"批评的缺席"为主题，指出文学批评在鉴别作品与引导读者趣味等方面没有起到应有的作用；^②1997 年，谢冕在《批评的退化》中指出，"批评在文学中变得越来越没有地位了，批评正在退化"。"文学批评不对文学作品说话；文学批评失去锐气；文学批评没有文学性"。^③类似的批评声音在今天不断复现，一方面固然源于批评的弊病丛生，另一方面起码也说明反思与调整从未停止。

其中有一种反思的声音值得关注，那便是"新媒介论文研究常给人'隔'的感觉，症结在于文学经验的缺乏。华裔学者冯进（Jin Feng）曾指出，中国学者更愿意进行本体论、美学或社会学的理论演绎，而不是对具体经验的调查"^④。本书也持有类似立场，对于文学批评现状的笼统评判、高傲审判乃至习惯性蔑视，正是某种"隔膜"的表征，最终将陷入无穷无尽的话语重复中。为了中断这样的重复，暂且悬置判断，暂时遏制理论演绎的激情，共同加入"测绘审美版图"、正视时代文学经验的工作中来，或许是改善文学

---

① 参见罗长青《"缺席"与"失语"：当下文学批评的社会化质疑》，《兰州学刊》2016年第 5 期。
② 参见吴亮《批评的缺席——关于〈曼哈顿的中国女人〉》，载萧音、伊人编《跨越大洋的公案——〈曼哈顿的中国女人〉争议实录》，光明日报出版社 1993 年版，第97—100 页。
③ 谢冕：《批评的退化》，《北京文学》1997 年第 5 期。
④ 黎杨全：《网络文学、本土经验与新媒介文论中国话语的建构》，《文学评论》2020年第 6 期。

批评现状的可行之路。

　　但本书却无意以编年史或话题史的面貌呈现。比如，这十年间的"非虚构文学""返乡书写""城市文学""东北文艺复兴""新南方写作""新女性写作""青年写作""新乡土文学"等都调动了批评界的集体智慧，在概念界定、历史定位、作品阐读、文化分析等方面都有许多推进，每个话题都值得作为个案细加探讨，这也将是笔者后续展开的工作之一，即描绘话题／概念脉络中的当代文学批评版图。

　　本书的任务则有所不同。笔者在尽量了解、整理这十年间林林总总批评话语的过程中，总是不断重返一个基本问题："何为批评，批评何为。"

　　这并非出于"追根溯源"的学术工作惯性，而是因为这十年间"批评"的含义与运转方式持续发生变化，批评家的工作方式也在发生变化，许多原则、前提和状态被打破，而这些前提决定了批评家在这十年间的话题选择与言说方式。

　　因此，在巡游一番批评话语盛宴之后，笔者希望借此思考影响文学批评的决定性因素，是什么力量在制约着批评家的兴趣和工作方式，正是本书最为关注的。本书分为三个部分，分别从"学院内外""国家文学""数码文明"展开讨论，由此勾勒文学批评寄身其间的政治—学院—市场—科技体制。测绘这一体制，描绘研究"批评实践"的基本坐标，其宗旨正在于为寻求批评的能动性、建设更理想健康的批评做好准备。

第一章

学院内外："文学批评"再定位

第一节　从"公共知识""知识分子写作"到"学院批评"

狭义的文学批评（literary criticism）是指对于作品的阐释、分析与评价，是文学生产、阅读、传播与评价过程中的重要一环。而对于批评行为的细分，则经常从批评家的身份入手。蒂博代的《六说文学批评》是常被引用的文献，该书将批评划分为三类，分别是自发的批评（注重书籍与人）、职业的批评（关注题材与标准）、大师的批评（着力寻求美）。[①] 照此思路，中国当代文学批评界也一般被"模块化"为以中国作协与中国文联系统为核心的官方批评、学院批评、作家批评、媒体批评、大众批

[①]　参见［法］蒂博代《六说文学批评》，赵坚译，生活·读书·新知三联书店 2002年版。

评①，等等。由此，本书所观察的批评实践，便具体指向身处官方、资本、科技、媒体等多重因素交织中的"批评家"与"批评活动"。②

在不同的时代语境中，各批评类型所占的比重、所发挥的影响力，甚至文学批评的实际含义也有巨大不同。这背后关联着中国当代文学的整体机制变化与当代文化的发展趋向。王本朝在当代文学体制研究中来定位文学批评："文艺批评与文学创作是当代文学发展的主体力量，在它的周围还有文学机构、文学组织、文学报刊、文学出版、文学政策、文学读者等外在力量，它们形

① 大众批评在媒介革命的时代极大繁荣，因此也出现各种类型。比如，韩国学者崔宰溶在其博士学位论文《网络文学研究的原生理论》(中国文联出版社 2023 年版) 中，将区别于学术型文化评论的日常性网络评论，命名为"网络原生评论"。

② 此外还有多种划分方式，比如根据批评方式与功能划分，包括印象式批评、审美批评、理论批评、社会批评等。再比如根据地域划分，包括闽派批评、粤派批评、晋派批评等。当前职业书评人值得关注（比如刘铮、维舟、绿茶等），个人批评、酷评等也值得关注（比如王春林的文学批评编年、唐小林的系列酷评等）。对此可参见任杰《文学批评的类型指向与范式演变》(《中国文学批评》2022 年第 2 期)、廖令鹏《"草根文学评论"的类型和走向》(《中国文艺评论》2018 年第 8 期)。黎杨全认为"在新媒介文艺的运行机制中，草根批评与群体讨论取代了传统的专家成为批评主体。从'龙的天空'、豆瓣、知乎等网站来看，草根批评形成了自成体系的草根文学理论、文学批评与文学史"。黎杨全：《网络文学、本土经验与新媒介文论中国话语的建构》，《文学评论》2020 年第 6 期。从中可以看出，"草根批评"的"草根"有两种指向，一为"民间"，一为"网络"，二者虽有重叠，但分属不同的分类系统。

成了当代文学的制度规范，制约或限定文学的生存方式。"①

　　类似地，韦勒克的名文《文学批评的术语和概念》也是在总体视野中理解文学批评的流变，文章在欧洲文学史脉络中梳理了"批评"的概念史，最终抵达的结论是："一个专门术语，尤其是应用在像文学批评这样一个难以捉摸的研究对象中的术语，是不可能凝固不变的，哪怕是由最伟大的权威或最具影响力的学者团体来解析。我们能够区分含义、解释上下文、廓清问题，并可以建议作出种种区分，但我们却不能为未来立法。"②可见，批评是一个高度语境性的概念，它总是在与时代、与具体经验的关系中确立自身形象的。我们不能为批评的未来立法，正因为批评从不是立法者，而是更接近于"阐释者"。

　　因此，令人好奇的问题便不是如何为本书的主角"文学批评"找到一个确凿无疑的定义，而是去追问这十年间人们对于"文学批评"是如何定位的，他们最在意批评的哪些方面？要回答这个问题，就不能不对当代中国文学中的"文学批评"作出历时梳理。

　　20世纪50—70年代的文学批评是开展文学运动与斗争的重要工具。洪子诚分析当代文学制度时提出的"一体化"概念，也

---

① 王本朝：《中国当代文学制度研究（1949—1976）》，新星出版社2007年版，第193页。

② ［美］勒内·韦勒克：《文学批评的术语和概念》，《批评的诸种概念》，罗钢、王馨钵、杨德友译，曹雷雨校，上海人民出版社2015年版，第44页。

被应用在 20 世纪 50—70 年代的批评实践上。这一时段的批评家往往身兼文艺界领导、理论家、作家等多重身份，他们的批评活动需要贯彻主流文艺政策与官方意识形态，承载着树立文艺规范，以及监督、引导与评价社会主义文艺发展的重要职能，往往成为思想斗争的工具，正如 20 世纪 50—70 年代文艺界多次批判运动所展示的那样。此外，"在文学批评队伍中，'读者'和'编者'也是文学批评活动中两个不可或缺的概念"，"'读者'的批评活动在当代文学批评中的独特意义在八十年代中期以后逐渐消失"①，并逐渐置换为如今的网友批评。总之，这类致力于"纠错"的自我"纯洁化"②的批评模式走向极端后带来许多负面影响，取消了文艺创作的相对自主性与独立性，陷入政治决定论的泥淖之中。因而作为"病因"深深地埋植于批评发展过程中，后续批评实践对此的偏离、纠正、告别或是有限度的回归、思维模式的隐隐延续，等等，所有这些都说明这一历史阶段的重要影响。

在这种文学制度研究中常见的"动力学"分析之外，也有学者提示"一体化"的批评机制在运作过程中有着更复杂的面向："这时期批评制度还包含不同文学势力在斗争和博弈过程中对批

---

① 王尧、林建法：《中国当代文学批评的生成、发展与转型——〈中国当代文学批评大系（1949—2009）〉导言》，《文艺理论研究》2010 年第 5 期。

② 洪子诚认为，当代文学一方面有着试图割断与人类优秀文化遗产联系的"纯洁性"追求，要剥离一切被称为"封资修"的东西来证明自己的独特性；另一方面，这个剥离注定反过来只能损害甚至摧毁自己。参见洪子诚《当代文学的"自我损害"》，《汉语言文学研究》2022 年第 1 期。

评武器的事实需要。这可能强化、增添、删除或颠覆体制性要求
（这一层多被忽略）。"①可以说，批评主体与制度之间、不同批评
集团之间的博弈互动非常重要，这是另一个重大话题，这里无法
详细展开，只是提出一个这样的思考角度。

　　而在"不同文学势力"从所谓的"一体"走向"多元"的
20世纪80年代，文学批评开始充当思想解放的工具，成为个
体建立自身主体性（神话?）的先锋武器。从批评主体的角度来
看，程光炜曾从时间、空间、思想观念等维度划分了四大批评圈
子，分别是：20世纪50—70年代的"解放区批评圈"、20世纪
80年代前半期的"北京批评圈"、20世纪80年代中后期的"上
海批评圈"、20世纪90年代的"学院派批评圈"。②由此可以叙
述出另一部"当代文学史"。在20世纪80年代活跃的文学批评
场域中，"同人—会议—刊物—出版"有效推动了当代文学的发
展，从中也可见出北京、上海等地的优势地位和"聚光灯效应"。
比起作为一种身份描述的"批评家"，"批评圈子"的概念似乎
更贴近实际，且由来已久。吴亮在1986年撰文阐释"圈子批评
家"的概念，并对之赋予诸多正面期待："圈子批评家是圈子小
说的对外发言者，他们勾（注：应为"沟"）通圈子和圈子的联

①　张均:《中国当代文学制度研究（1949—1976）》，北京大学出版社2011年版，第
　　71页。
②　程光炜:《当代文学中的"批评圈子"》，《当代文坛》2016年第3期。

系，协调着相互的关系和彼此的理解程度，为当代文学史的宏观记录提供翔实有据的材料和论证……圈子批评家在大分化的历史趋势中并不惊惶失措，他们将卓有成效地分工，并通力合作，澄清理论的空幻迷雾，把新涌现的小说现象理顺，并把里面的新经验逐一予以归纳和合理化；他们修正着既定的文学理论和小说理论，为时代精神的更新和固有文化的整理提供活生生的依据。"① 这是理想中的"批评圈"，以共同体的形态发挥作品与读者之间的"中介"作用。此时的圈子化，也是对此前僵化的自上而下批评管理体制的反拨。

关于"圈子批评家"应然状态与实际状况之间的"落差"，许多论者发表了不同看法，这依然是延续至今的反思议题。有论者结合目前的批评状况犀利地指出："但在当代批评实践中，'知人论世'说常常和友情批评甚至亲情批评搅在一起，批评家与批评对象的人身依附关系（亲属、友人、同事、同门等），使得批评活动的公信力变得可疑。批评活动在绝大多数情况下不是'匿名评审'，批评家往往先行怀揣着对作家的固有印象去审视其作品，出于成见效应、定格效应而爱屋及乌，混淆了作家与作品的界限，将两者画等号，导致批评难以客观精准地落实到文本的优劣，从而对作品的价值做出误判。作品常常无法摆脱作者的姓名，它所背负的那个姓名，有时会为自己收获一份并不恰如其分

---

① 吴亮：《当代小说与圈子批评家》，《小说评论》1986 年第 1 期。

的荣耀，另一些时候，则会招致并不公允的轻视和无视。"① 在中国社会的文化土壤上，"圈子批评"的理想状态往往难以实现，20世纪80年代批评家之间的"无限交谈"和"文学友情"在现实等级秩序与利益诱惑面前，往往与人身依附、权力倾轧／派系斗争、机会主义难分彼此。② 换言之，"无限交谈"与"文学友情"更接近偶然，而非常态。这些话题涉及批评的本质、自由与道德伦理，同样贯穿于这十年间对批评的反思之中，也构成不少人轻视文学批评的原因。批评的现实运转机制，带来非常复杂的人心人情状态，或者可以称之为"批评伦理学""批评社会学"，其所涉及的批评的道德感与分寸感值得继续深入探讨。

　　无论如何，20世纪80年代的批评实践被标举为批评的"黄金年代"（即便反思之声渐起），这源自文学在80年代发挥的特殊作用。张颐武在与刘心武的对谈中敏锐指出："'文学'当时顶替了社会上所缺少的一切文化。它变成了文化资源获取的唯一的渠道。你（注：指刘心武）的小说当时几乎就是'文革'话语的一个全能的替代物。"③ 蒋晖在《当代写作中的性别话语》中有类似观点："对于80年代处于'思想解放'中的中国人来说，他们关

---

① 李彦姝：《真批评的"假想敌"——对中国当下文艺批评现场的观察与反思》，《探索与争鸣》2023年第9期。

② 参见翟学伟《人情、面子与权力的再生产》，北京大学出版社2005年版。

③ 刘心武、张颐武：《知识分子：位置的再寻求——对八十年代的回首》，《艺术广角》1996年第3期。

于政治、社会特别是'人'的知识，甚至主要不是来自国家、社会（如学校教育），而是来自文学阅读——这听起来未免令人惊讶。"① 相应地，与这一时期文学短兵相接的批评也就变得非常重要，"一战成名"的批评家大有人在，而且许多批评观点被吸纳进文学史叙述之中。张旭东如此描述这一时期文学批评的性质："在整个80年代，文学批评和文学研究一定程度上可以说是'知识分子写作'的一个基本样式，从个人情感、群体心理到伦理冲突、社会矛盾、政治改革甚至经济发展，文学批评和文学研究的写作方式统统可以'介入'，仿佛文学的边界、思想的边界就是文学批评和文学研究的边界。"② 这一描述很有启发性，从知识分子写作的角度来看，可以理解彼时批评写作的特殊能量所在，从中也可以读出批评家的身份意识与文化定位。贺照田同样将此时的批评写作视为一项知识工作，但对其中洋溢的简单乐观的现代化想象持有批判态度，认为这种建立在"文学是人学""文学是语言的艺术"等信条基础上的文学过度执迷于对前一时段的偏离，在强势观念的主导下反而从复杂的现实面前滑过，试图"治病"的努力反而带来新的"病因"，由此才可以解释，为何伴随80年代批评黄金时期而来的，便是90年代的批评危机，批评日渐丧

---

① 蒋晖：《当代写作中的性别话语》，载韩毓海主编《20世纪的中国：学术与社会·文学卷》，山东人民出版社2001年版，第438页。

② 张旭东：《序：文学认识"统一场"理论及其实践刍议》，《批判的文学史——现代性与形式自觉》，上海人民出版社2020年版，第2页。

失历史深刻性与审美有效性。①

　　进入 20 世纪 90 年代的市场社会，知识分子因文化立场与改革取向不同，导致"态度同一性"破裂，逐步走向分化。② 学术界最典型的分化和转型，便是李泽厚所概括的"思想家淡出，学问家凸显"（1994）③，"学问家"与"批评家"日渐分化为两个集团，前者在学院体制中逐渐占据主导地位。洪子诚曾生动回忆："在我的印象里，在 80 年代，甚至 90 年代初，学校的教师、学生，大都把热情投射到对文学现状的关注上。他们撰写的文章、递交的论文，大多和现时的文学现象有关。那时，没有多少人会对当代文学的'历史'感兴趣，即使论及，也只是作为展开现实问题的背景因素。"④ 从 20 世纪 90 年代中后期开始，"学问家"越来越重要，以介入性见长的批评家群体落入下风。何平从期刊发表的角度注意到学院派批评的诞生："与此相较，专业文学批评从业者的构成也发生着微妙的变化。最明显的是新世纪前后，'学院批评'逐渐坐大。从文学期刊的栏目设置就能隐隐约约看出'学院批评'的逻辑线，比如《钟山》1999 年增设了《博士视角》，2000 年第 3 期开始停了《博士视角》，设立了一个后来

---

① 参见贺照田《后社会主义的历史与中国当代文学批评观的变迁》，《当代中国的知识感觉与观念感觉》，广西师范大学出版社 2006 年版，第 54—75 页。
② 参见许纪霖《启蒙的自我瓦解》，香港《二十一世纪》2005 年 4 月号。
③ 参见李泽厚《李泽厚对话集·九十年代》，中华书局 2014 年版，第 145—148 页。
④ 洪子诚：《我们为何犹豫不决》，《南方文坛》2002 年第 4 期。

持续多年影响很大的新栏目《河汉观星》。《河汉观星》的作者，基本上是各大学中国现当代文学的教师。《河汉观星》都是'作家论'，但这些'作家论'和一般感性、直觉的'作家论'不同，更重视理论资源的清理、运用，以及文学史谱系上的价值判断，被赋予了严谨的学理性。'学院批评'热潮之后，除了《钟山》《山花》《上海文学》《天涯》《花城》《作家》《长城》等少数几家保持着一贯的文学批评传统且和学院批评家有着良好关系的文学刊物，很长时间里，大多数文学期刊的文学批评栏目基本上很难约到大学'一线'教师的好稿，以至于文学批评栏目只能靠初出道和业余的从业者象征性地维持着。"① 批评形态越发学院化、学理化，与此同时，学院知识分子渐渐退出批评一线。

这并非中国的特例，根据美国学者约瑟夫·诺思的概括，20世纪七八十年代之交，英美文学研究界已预先经历了"学术转向"，学术方法取代了批评方法，前者用历史主义／语境主义范式取代了后者的审美范式。② 纵观当代文学批评史，20世纪90年代学院派批评的崛起，成为影响当代文学批评走向的关键节点。有论者考证，学院批评可能是王宁于1990年提出并加以论证

---

① 何平：《返场：重建对话和行动的文学批评》，《批评的返场》，译林出版社 2021 年版，第 3 页。

② 参见 [美] 约瑟夫·诺思《文学批评：一部简明政治史》"导言"，张德旭译，南京大学出版社 2021 年版，第 4—5 页。

的，以区别于印象批评、直观批评。^①谢冕在 1992 年便呼吁培养职业批评家，认为"批评家的学者化进程，有可能使批评成为学术建设的一个环节，并有效清除那种艺术之外的干预和干扰"，强调批评的学者化有助于科学性与学术品质的提升。^②这一倡导已有行动先行，从 1989 年 10 月起，谢冕与洪子诚在北京大学语言文学研究所主持文学批评沙龙"批评家周末"，探索学院批评的路径。"学院"与"职业"的凸显，既要超越 20 世纪 80 年代的空谈大论，也试图抵御市场经济的侵蚀，可谓势在必行，也发挥了积极贡献，学院培养的中青年学者渐渐成为批评的主力军。^③由是，以作协、文联为主的文学管理体制与学院体制一道，成为目前文学批评生产的基本空间与"基础设施"。

这也是批评家顺势而为的选择。1993 年，陈思和在《试论知识分子在现代社会转型期的三种价值取向》^④提出了"知识分子的价值取向"这一论题，以此思考未来的工作定位，并逐渐生出"岗位意识"的讨论："我特意为知识分子的岗位添加了两个修饰

---

① 参见赵勇《学院批评的历史问题与现实困境》，《文艺研究》2008 年第 2 期；王宁《论学院派批评》，《上海文学》1990 年第 12 期。

② 谢冕：《建设性和科学精神》，《天津文学》1992 年第 11 期。另可参见宁宗一《响应"新学院派批评"的建构》，《天津文学》1992 年第 11 期。在此之前，温儒敏、垄耘、白烨等都已谈论过关于学院派批评的话题。

③ 贺桂梅在《批评的增长与危机》(山西教育出版社 1999 年版)中对"学院批评"有专门论述。

④ 陈思和：《试论知识分子在现代社会转型期的三种价值取向》，《上海文化》1993 年创刊号。

词：'专业'与'民间'。'专业'是指岗位内在的规范与标准，'民间'是指岗位外在的社会立场（知识分子作为普通人的立场，保护社会弱者群体的立场，而不是为权力或资本服务的立场）。"①陈平原所谓"学者的人间情怀"亦怀抱类似用心，希望能够在专业学术研究与社会人文情怀之间作出平衡。但如果以此观照 20世纪 90 年代以降的文学批评，便会发现巨大落差。在学院体制中，"专业"与"职业"训练自不待言，而对其专业性程度却评价不一，有的批评者认为过于"学究气"，也有批评者认为学院派批评的专业程度还远远不够，但无论如何，朝向专业化是大趋势。由此也就带来学院批评与文学现场的隔膜，脱离社会与大众，其对人文议题的承担是有限的。比如陈思和就渐渐注意到：

> 而在更加年轻的作家崛起于文学创作领域的时候，文学批评和文学理论显然是严重滞后了，以至于常常需要作家自己出来发表一些辞不达意的话，来表达自己。结果误解与隔膜越来越深。这是一个很奇怪的现象。……我们的高校中文系培养了一代又一代的博士、硕士，他们都到哪里去了？他们为什么不把眼光放到与他们同代的人身上？这是我们今天的教育制度，尤其是所谓学院派的研究生教育

---

① 陈思和：《知识分子岗位意识的当代性》，《扬子江文学评论》2023 年第 5 期。

制度都应该认真反省的。^①

"博士、硕士，他们都到哪里去了？"应该说，绝大多数都转向了经典文学与文学史教育，从事一种有时间距离的研究，如此才被认为是"学术的"。戴锦华明确表达了学术研究的这一"共识前提"："在以欧洲为中心的人文学科建立的过程中，形成了一种对于有效知识与时间间距的约定俗成。对于人文学科来说，这意味着只有成为历史才有可能获得经典化。它与大学教育制度的形成有关。由于大学人文教育制度形成，人文学科确立，才有了命名经典的必需；而在命名经典的过程中，就形成了联系着历史判定文本的'原则'。"^②这与当代文学研究中绕不过去的"当代文学不宜写史"论争出自同样的逻辑，即想要成为一门学问，成为一个学者，必须与自己的研究对象拉开时间距离。这显然背离了文学批评与文学创作共生的基本原则。

所以不难想见，在目前的文学教育与学术生产中，文学史研究与文学批评已经分化为两个不同的群体，形成"学问家"与"批评家"的两种路数，文学批评也有专门的政策、机构、课程、奖项等作为支撑。而且，虽然"批评"在学院评价中的价值阶序

① 陈思和：《从"少年情怀"到"中年危机"——20世纪中国文学研究的一个视角》，《探索与争鸣》2009年第5期。
② 戴锦华、王炎：《在网络时代，人文学科该如何应对研究生态的巨变？》，《新京报书评周刊》2019年10月9日。

较低，但也毋庸讳言，"学问家"未必能够胜任批评工作，许多学者并不具备批评家所需的作品阅读量、敏感度、审美判断力与批评语言。因此，"批评"作为文学研究之一维，构成一个相对独立的场域，研究者也可以通过与批评界的距离来自我定位。

从学院体制来看，学院教育、科研考核、项目管理无不是提高批评文章"生产率"的原因。虽然"批评"在学院等级中处于被轻视的位置，但由于批评文章的发表渠道与需求量较大，因此"生产端"的供给也十分旺盛。对于青年批评家的培养，也是许多学术期刊的着力点，如《南方文坛》自 1998 年持续至今的"今日批评家"栏目（批评家名单见附录 2）①、《当代作家评论》的"文学批评新生代"栏目、《文艺论坛》的"起点批评"栏目，在推出新一代批评家方面都用力甚勤，颇受关注。不过，与蓬勃生长的媒体批评和大众批评相比，学院批评在当前的声量有限，"破圈"的话题近来也吸引了越来越多的讨论。综上，从思想斗争／纯洁化的工具，到具备思想解放功能的公共知识与知识分子写作，再到生存于学院体制内的学院批评，"文学批评"的面目不断变化，也构成发展过程中历史化与当代化的紧张关系。

---

① 具体参见曾攀《"今日批评家"与当代中国文学》，《中国当代文学研究》2020 年第 4 期。张燕玲、张萍主编的《今日批评百家：我的批评观》一书于 2016 年出版，收录了 1998 年至 2015 年《南方文坛》"今日批评家"栏目推出的 96 位批评家的"我的批评观"文章。随后，张燕玲、张萍又主编了《今日批评百家：批评家印象记》（作家出版社 2019 年版），汇集了 1998 年—2018 年《南方文坛》"今日批评家"栏目近百位批评家的文章，以及对他们的"画像"与评论。

第二节 "历史化" 浪潮与 "去批评" 的自觉

上文述及, "学问家" 与 "批评家" 的分离在 20 世纪 90 年代中后期流露端倪, 在晚近十年间二者的区隔蔚为大观。可以说, 近十年来当代文学研究中最重要的趋势是 "历史化", 以此去除 "文学批评" 带来的主观化、片面化影响, 从而为当代文学学科建构坚实的知识基础。在这样的认识论中, 无论表面上对 "文学批评" 持有何种判断, 内里实际上都有着 "去批评" 的自觉, 将 "史料化" 作为当代文学研究的第一位。这是考察这十年间文学批评发展时最为重要的学科视野。这也就切实影响了学院派批评家的 "生存之道", 虽然他们的学术成果数量众多, 也有较之文学史研究更多元的发表渠道, 但在学术界的普遍印象中, 对其研究成果的价值评估较低。2024 年 3 月底, 笔者曾向 13 位 "85 后" "90 后" 学院派批评家发放了调查问卷[①], 问题之一是 "在学院体制中, 你会觉得写作批评文章是'不划算'的吗? 会担心写批评文章妨碍学者形象的建立吗?", 多数受邀者并未给出 "不划算" 的回答, 更多探讨了撰写批评文章之于自己的正面意义, 这或许代表了体制内新生代批评家的主动性与

[①] 关于这份调查问卷的详细内容参见附录 8, 最初发表于 "文学新批评" 微信公众号。

可为空间。但毋庸讳言，这样的问题之所以被提出，是因为学院体制与学术价值秩序的强势存在。

讨论近十年来进展巨大的历史化浪潮，可以追溯至 20 世纪 80 年代的"重写文学史"以及 20 世纪 90 年代以洪子诚《中国当代文学史》为代表的文学史书写的重大突破。有学者指出，明确提出"历史化"概念的学者是李杨，其专著《50~70 年代中国文学经典再解读》（山东教育出版社 2006 年版）的"后记"中提出自我与历史的双重历史化，因而将之化为文学研究的理论自觉。[①] 另外，程光炜于 2005 年在中国人民大学开设"重返 80 年代"讨论课，程光炜与李杨于 2006 年在《当代作家评论》主持开设"重返 80 年代"专栏，这些都是当代文学历史化的关键行动。根据学者统计，2007—2008 年，"历史化"上升为当代文学研究的关键词。[②]

这一趋势延续至 2014—2024 年，当代文学学者构建自身的学科基础与方法论的意识非常强烈，"历史化"成为学科最主要

[①] 参见张清华《在历史化与当代性之间——关于当代文学研究与批评状况的思考》，《文艺研究》2009 年第 12 期。

[②] 参见罗长青、吴旭《学术现象视域中的中国当代文学"历史化"概念所指》，《南方文坛》2020 年第 4 期。

的发展趋势。① 比如，有学者注意到，"早在 2014 年左右，史料研究就成为中国当代文学从国家到地方各种研究立项的热门选题。《文艺争鸣》《中国现代文学研究丛刊》《学术月刊》《南方文坛》《现代中文学刊》等杂志先后刊发中国当代文学史料研究的相关论文。同时也有一大批当代文学史料相关著作出版，包括洪子诚的《材料与注释》（北京大学出版社，2016）；吴秀明主编的《中国当代文学史料问题研究》（中国社会科学出版社，2016）、'中国当代文学史料丛书'（浙江大学出版社）；吴俊主编的《中国当代文学批评史料编年》，等等。除了整理旧有材料，还有大量当代作家、学者年谱的编写工作业已展开，有代表性的是《东吴学术》策划的'年谱丛书'系列"②。另一个例证是，2016 年 6 月6 日，由吉林省文艺理论研究室、《文艺争鸣》杂志社、东北师范大学文学院主办的"中国当代文学史料研究中心成立暨学术研讨会"召开，《中国当代文学史料》杂志在此后创刊。

---

① 按照赵黎波的梳理，以"历史化"作为关键词的文献最早出现于 2007 年的一篇综述文章，内容是对 2007 年中国当代文学研究会、《文艺争鸣》编辑部、首都师范大学文学院联合主办的"中国当代文学史：历史观念与方法"学术研讨会的总结。2008 年，程光炜发表《当代文学学科的"历史化"》（《文艺研究》2008 年第 4 期），此后"历史化"渐成当代文学研究的关键词。参见赵黎波《"历史化"："重返八十年代"学术思潮的"关键词"》，《当代文坛》2022 年第 1 期。至于对历史化、史料化转向的动力分析，可参见吴俊《新世纪文学批评：从史料学转向谈起》，《小说评论》2019 年第 4 期。

② 邵燕君、李强：《媒介性、原生性与学科建设性——网络文学史料研究的问题和方法》，《南方文坛》2021 年第 2 期。

这十年间的类似例证难以穷举，学术会议、国家社会科学基金／教育部重大课题、出版资助、学术期刊组稿、数据库建设等均不同程度地向史料研究倾斜。同时，一批不断推动历史化的学者队伍俨然形成，程光炜、吴俊、吴秀明①、黄发有、张均、易彬、袁洪权、斯炎伟、王秀涛等学者便是突出代表。与此同时，中国社会科学院当代史读书会所倡导的"社会史视野下的中国现当代文学研究"也产生了重大影响，其"社会史"视野不同于历史化路径，但同样可以视作对文学批评的偏移，在社会、历史与文本的三元结构中重新打开文本的复杂性。2023 年出版的"20世纪中国文学经典新解读丛书"便是这一学术群体研究成果的集中亮相。

至于历史化浪潮的具体学术成果，程光炜曾总结：

> 近十多年来，现当代文学研究领域出现了一波又一波史料整理热，在期刊目录、作家年谱、轶事钩沉、文学制度等诸多方面，均有引人注目的新成果。以下事件值得我们注意。1.《当代文学期刊目录》（44 种）的整理。2. 陈忠实、路遥、高晓声等知名作家年谱的撰写与出版。3. 对"当代文

---

① 除程光炜外，吴秀明也有多篇文章从学科角度讨论史料化建设的基础位置，他的论述很有代表性，比如《史料学：当代文学研究面临的一次重要"战略转移"》（《中国现代文学研究丛刊》2012 年第 2 期）、《一场迟到了的"学术再发动"——当代文学史料研究的意义、特点与问题》（《学术月刊》2016 年第 9 期）。

学"中的"世界文学"诸多材料的发现和分析。4.各省市"作家研究资料丛书"的先后出版。5.中国人民大学、浙江大学、中山大学、杭州师范大学举办多次不同类型的"史料研讨会"。6.作品版本、创作时间问题的考订和研究。以上种种，促进了现当代文学"文学史"和"文学批评"的进一步分化，奠定了现当代文学史研究在史料建设上的基础。现当代文学史料建设形成一个新热点，既有巩固强化本学科学术竞争力的意义，也有助于弥补新时期历史整体叙事中社会学、当代史史料丰厚，而文学史料相对薄弱的短板。①

以上总结清晰地说明了近年来历史化工作的努力方向，并显示出对"文学批评"鲜明的分离趋势，学科建设是以分化"史"与"批评"作为前提的，甚至对于"批评"本身的历史化研究也已深入开展。张健领衔主编的《中国当代文学编年史》10卷本（山东文艺出版社2012年版）材料翔实，为研究文学批评史打下了良好基础。林建法、王尧主编的《中国当代文学批评大系（1949—2009）》（苏州大学出版社2012年版）以大系形式呈现当代文学批评六十年的基本面貌。吴俊主编的《中国当代文学批评史料编年》，以编年形式著录1949—2009年中国当代文学批评的

---

① 《2022年度中国十大学术热点》，《光明日报》2022年12月30日。其中热点7是"中国现当代文学史料的整理与运用"，本文所引内容为程光炜对这一热点的点评。

各类文献资料，包含中国内地，台湾、香港、澳门地区，以及海外的批评史料，包括出版和发表的著作、论文、会议、活动的信息，相关政策文件、领导人或领导机构的重要指示与报告，报刊、出版物中的相关资料等，以及与文学批评密切关联的各种文学史现象。这套丛书于 2017—2018 年陆续出版完毕，是一部系统、完整地著录中国当代文学批评史料的大型专业丛书。陈晓明主编，孟繁华、贺绍俊等学者合著的《中国当代文学批评史》于 2022 年出版，通过现实主义理论批评的主线，审视中国当代文学批评发展之路，同时它也是 2010 年度教育部哲学社会科学重大委托项目的成果。吴秀明主编的"中国当代文学文献史料丛书"也涉及当代文学批评的基本情况。

在如火如荼的历史化浪潮中，网络文学史料化建设引人关注。《网络文学经典解读》（邵燕君著，北京大学出版社 2016 年版）、《中国网络文学二十年》（欧阳友权主编，江苏凤凰文艺出版社 2019 年版）、《中国网络文学二十年·典文集》（邵燕君、薛静主编，漓江出版社 2019 年版）、《中国网络文学二十年·好文集》（邵燕君、高寒凝主编，漓江出版社 2019 年版）、《中国网络文学编年简史》（邵燕君、李强主编，北京大学出版社 2023 年版）等著作相继出版，"网络文学二十年"的断代史叙述逐渐形成。在研究过程中，学者们发现网络文学的史料整理带来全新挑战，这不仅是因为网络文学史料是海量、开放的，更因为其史料生成与互联网媒介的依存关系。邵燕君、李强在《媒介性、原生性与学

科建设性——网络文学史料研究的问题和方法》一文中，从网络
文学史料的媒介自觉、发掘"网络文学原生评论"的价值、史料
研究的学科化建设及其反思这三个方面展开论述。他们在文中质
疑了主流的历史化方式："吴秀明主编的'中国当代文学史料丛
书'中，将网络文学纳入通俗文学板块，认为其是通俗文学的网
络版。这种定位和判断是基于旧有的文学史坐标的。在这种判断
之下，网络文学的鲜活性和丰富性没有得到有效的呈现。近三十
年的文学实践，只能简化为几篇'理论成果'。造成这种状况的
原因是复杂的，根源还在于文学观念的问题。在史料整理运动
中，如果仍然依附于旧有的文学史论断，面对新材料时没有对文
学观念展开反思，就很有可能会让史料整理变成旧资料的补丁或
重复堆积……在学科化的背景下，网络文学的史料研究能不能保
持网络文学的当下性和独特性，是否能够找到独特的'保鲜'方
法？"① 其实不只是网络文学史料整理与研究面对这样的问题，对
已经深度媒介化的当代文学进行研究，都面对着互联网海量数
据。这就需要更新文学观念与历史研究方法，而不只是模仿现代
文学和古代文学的方法，进行纯粹、简单的复古。

　　历史化浪潮面对的更深刻的挑战，来自研究者所高扬的当
代文学的"当代性"，而这关联着文学批评相对于历史化、知识

---

① 邵燕君、李强：《媒介性、原生性与学科建设性——网络文学史料研究的问题和方
法》，《南方文坛》2021 年第 2 期。

化的审美直觉与介入能力。早在 2002 年，经常被视为历史化典范学者的洪子诚便在《我们为何犹豫不决》里表达了切身感受："我们是否应该完全以思想史和历史的方式去处理文学现象和文本？而我们在寻找'知识'和'方法'的努力中，终于有可能被学术体制所接纳，这时候，自我更新和反思的要求是否也因此冻结、凝固？"① 洪子诚对历史化的认识非常辩证，认为文学与历史的关系需要具体分析，并不存在固定的连接强度。② 孟繁华的《历史化：一个虚妄的文学史方案——当代文学史的理论想象与实践》（《文艺争鸣》2019 年第 6 期）、南帆的《"历史化"的构想与矛盾》（《文艺争鸣》2020 年第 1 期）也都反思了历史化的内部矛盾。

值得注意的是，这十年间批评界又细分出"历史化"与"史料化"（或者称为"史学化"），前者以当代文学制度研究为代表，后者以"重返 80 年代"为代表，其具体做法要更为实证化与技术化。郜元宝的《"中国现当代文学研究"的"史学化"趋势》（《中国现代文学研究丛刊》2017 年第 2 期）便分析了当前史学化的背景、现状和局限，引发了不少后续回应，如钱文亮在《"史学化"还是"历史化"——也谈中国现当代文学研究的新趋

① 洪子诚：《我们为何犹豫不决》，《南方文坛》2002 年第 4 期。
② 参见李静《作为方法的"阅读史"：洪子诚文学批评中的历史、美学与生活》，《文艺论坛》2023 年第 1 期。

势》(《中国现代文学研究丛刊》2018 年第 2 期）中回应史学化只是历史化六种面向之一。不少坚持历史化的学者也对种种质疑进行回应，强调历史化并非一种反文学机制，试图融合历史研究与文学研究的关系。比如，斯炎伟在《当代文学历史化概念的几点辨析》中强调历史化不只是史料化，而是让对象在流动与丰富中变得更为厚实 [①]；吴秀明的《当代文学研究"历史化"需要正视的八个问题》反对将历史化和批评对立，认为批评也属于历史化的范畴。[②]

　　除去针对"史料化"趋势的"拉锯战"，以"当代性"抗衡历史化浪潮的思考也同样发人深省。石磊在研读批评家李陀的论文《追寻当代性——〈雪崩何处〉第六部分的形式与内容》里总结，当代文学界对于当代性有两次集中关注，一次发生在 20 世纪 80 年代前期，主要借重 19 世纪欧洲现实主义文学及其批评；另一次则发生在最近的十余年间，张旭东、汪民安、陈晓明等学者对当代性做了本体意义上的理论思考。[③]周展安在《"当代性"的绽出与当代文学研究的"反历史化"契机》里旗帜鲜明地提出："当代的第一要义就是其未完成性。对自己的同时代的深刻沉浸，

---

① 参见斯炎伟《当代文学历史化概念的几点辨析》，《福建论坛（人文社会科学版）》2022 年第 6 期。

② 参见吴秀明《当代文学研究"历史化"需要正视的八个问题》，《学术月刊》2021 年第 1 期。

③ 参见石磊《追寻当代性——〈雪崩何处〉第六部分的形式与内容》，《民族文学研究》2018 年第 6 期。

将自己的同时代作为仿佛是唯一的时代那样来凝视和体认所获得的意识，即是一种'当代性'意识。"① 从"去批评"的学科建设到"反历史化"理论倡导，二者构成理解当代文学研究与批评的重要框架，历史、审美、时代之间的张力关系构成我们定位这十年间文学批评实践的重要坐标系。历史化浪潮为文学批评实践带来巨大的"压力"，但也同时催逼批评家重新思考当代文学的特殊性，以及批评工作的更新方式。换句话说，在当前的知识生产格局中，以审美判断为基础的文学批评到底能够贡献什么，成为萦绕在批评实践中的核心问题。

第三节　学院派文学批评的本体建构

　　在本书观察的十年间，批评界从文学批评的理论、方法、资源、出路等方面做出了不少本体建构工作。下文将聚焦其中的两个趋势，其一为对"文学性"的召唤，这是批评界重建自身工作领域与合法性的需求；其二为对批评文体的反思。对于语言、文体的思考绝非次一等的，这说明批评界已经从表达工具的根本前

---

① 周展安：《"当代性"的绽出与当代文学研究的"反历史化"契机》，《当代作家评论》2022 年第 1 期。

提出发，重新思考自身的工作方式。

一、从纯文学到文学性

作为学术概念的"文学性"源于俄国形式主义文论，对此许多学者在论述中都会进行概念史与理论脉络的梳理。对于中国当代文学批评实践来说，还需在时代语境中理解"文学性"的实际所指。"文学性"的提法最初经常出现在报告文学、类型文学的讨论中，意在指出这些文体缺乏文学性，因而较为频繁地出现。20 世纪 80 年代以降，"文学性"指向文学主体性与形式自觉，带有思想解放的色彩，具体表现为在大量理论（英美新批评、俄国形式主义、法国结构主义）的帮助下实现批评范式的革新，批评从之前的关注"写什么"，转向"怎么写"。刘再复在《论八十年代文学批评的文体革命》[①] 中指出，20 世纪 80 年代文学批评的发展分为拨乱反正正本清源、西方方法思维的引入、新探索和评论主体性建构三个阶段，批评的文体由"独断型"转变为新文体，具体表现在语言符号系统、概念体系、思维方式变革等方面。这一时期的文学批评虽然"向内转"，却与时代转型相呼应，因此，20 世纪 80 年代的文学批评才具有如此高的公共性，塑造了一代人的文学记忆与共同知识。这点在前文已有较充分的说明。

———————

① 参见刘再复《论八十年代文学批评的文体革命》，《文学评论》1989 年第 1 期。

许子东认为，新时期文学从 1983 年开始分化为三类，分别是教化型的社会文学、宣泄型的通俗文学和试验探索型的纯文学。[①] 贺桂梅则认为"纯文学"体制形成于 20 世纪 80 年代后期，主要在三个领域内运行，包括"诗化哲学"、转向语言的文论谱系以及重写文学史。而 20 世纪 90 年代迄今的历史暴露了"纯文学"的意识形态性，开启了对纯文学的反思。[②] 在对纯文学的反思中，李静、李陀的《漫说"纯文学"——李陀访谈录》（《上海文学》2001 年第 3 期）影响较大，此文指出文学自主性在 20 世纪 90 年代以来越来越展现出负面影响，并引发后续热议，包括"钱理群的《重新认识纯文学》、蔡翔的《何谓文学本身》、南帆的《不竭的挑战》、陈晓明的《文学的消失或幽灵化？》、罗岗的《"文学"：实践与反思》，还有吴晓东、薛毅《文学的命运》，王晓明、蔡翔《美和诗意如何产生？》的对话，也参加了《天涯》、《读书》、华东师大中文系、北大中文系组织的讨论会"[③]。总体来说，对"纯文学"意识形态性的批判性思考，构成 21 世纪初期的主流。

但这十年间的批评实践发生显著变化，亦即在思想史、社会

---

① 参见许子东《新时期的三种文学》，《文学评论》1987 年第 2 期。

② 参见贺桂梅《"纯文学"的知识谱系与意识形态——"文学性"问题在 1980 年代的发生》，《山东社会科学》2007 年第 2 期。

③ 洪子诚、黄子平、吴晓东、李浴洋：《再谈"文学性"：立场与方式——〈文本的内外：现代主体与审美形式〉三人谈》，《中国现代文学研究丛刊》2023 年第 2 期。洪子诚发言内容。

史、文化史、文化研究等方式轮番上阵之后，"文学为何，文学何为"的问题重新凸显出来，文学不能被其他学科研究方式收编的异质性与人文价值被批评家关注，因此出现由批判"纯文学"到呼唤"文学性"的转型。在呼唤"文学性"的具体实践中，文本细读是深入文学现场的重要方式之一，对于现当代作家作品的文本解读，一直是各文学理论刊物内容的重要组成部分。以文本细读为主要研究方法的文章汗牛充栋，其中既包括对经典作家作品的重新分析和解读，也包括对近几年来新出版的重要作品的关注和评论，充分体现了批评家们对当下文学现场的积极介入。陈思和、陈晓明、孟繁华、张旭东[1]、於可训等批评家都反复强调了文本细读的重要性。

在重新呼唤文学性的潮流中，王尧与张清华的观点值得重视。王尧明确指出，"从 2020 年 9 月持续到 2021 年的'小说革命'讨论，从 2021 年 1 月上海《收获》'无界对话：文学的辽阔天空'到 7 月《收获》与《小说评论》在西安举办'"小说革命"与无界文学'讨论会，以及清华大学文学创作与研究中心举办的'小说的现状与未来'文学论坛等，都指向一个话题：我们今天如何重建文学性"[2]。此前他便撰有《新"小说革命"的必要与可

---

[1] 张旭东还将批评方法引入鲁迅研究，参见张旭东《杂文的自觉：鲁迅文学的"第二次诞生"：1924—1927》，生活·读书·新知三联书店 2023 年版。

[2] 王尧：《文学批评与"文学性"的重建》，《中国文学批评》2022 年第 2 期。

能》（《文学报》2020 年 9 月 24 日）一文。随后他在《文学知识分子的思想状况与"文学性"危机》中进一步将反思深入到知识分子，认为在目前的专业体制与"学院经济"内部循环中，知识分子越来越缺失应对重大公共问题的思想能力与生命能量。文学性的危机，根源在于知识分子本身。①

张清华则在《当代文坛》主持"当代文学研究的'文学性'问题"专栏，意在探究文学之所以区别于其他学科的根本特性所在，让文学研究回归到文学自身。他此前的《在历史化与当代性之间——关于当代文学研究与批评状况的思考》一文，便指出历史研究、文化研究弱化了文学研究的人文性，这次开设专栏继续关切此问题的缘由在于"这些年文学的社会学研究、文化研究、历史研究的'热'。这种热度，已使得人们很少愿意将文学文本当作文学看待，久而久之变得有些不习惯了，人们不再愿意将文学当作文学，而是当作了'文化文本'，当作了'社会学坝象'，当作了'历史材料'，以此来维持文学研究的高水准的、高产量的局面，以至于很少有人从文学的诸要素去思考问题了"。进而，一种在当下值得被重新注视的需求便是："在拥有了上述研究路径与资本的情况下，借此来重新考量一下文学性的诉求。换言之，有没有一种可能，通过并借助上述研究，来重新寻找一种抵

---

① 参见王尧《文学知识分子的思想状况与"文学性"危机》,《文艺争鸣》2023 年第 10 期。

达'文学性观照'的途径呢?"①这一话题的背后,隐含着对文学批评实践过度史学化、理论化、知识流水线生产化的某些反思和不满。

如果说以上的讨论确立了"文学性"的合法地位,那么有的学者则继续细描着"文学性"的具体面貌。比如李遇春的《是继续"历史化",还是重建"文学性"——中国当代文学研究的范式之争》回顾了"文学性"与"历史化"两种研究范式的生成与发展,提出要在"历史化"的基础上重建"文学性",号召批评家由"纯文学性"转向建立一种包容多元的、具有中国特色的"杂文学性"或"大文学性"。②而在另一些学者看来,"文学性"并非当前文学发展的必备因素,甚至会产生反面效果。王峰的《科幻小说何须在意"文学性"》认为科幻文学最重要的元素是科学性、新奇感和震惊感,而非传统文学史模型中的抒情、想象、文采等文学性标准。科幻文学扩充了传统文学的内在价值,并令"文学性打上科学性的烙印"③。同样的挑战也来自网络文学,储卉娟在《说书人与梦工厂:技术、法律与网络文学生产》(社会科学文献出版社2019年版)中便认为推动网络文学升级迭代的动力是设定,而非传统的文学标准。李杨的《底层如何说话——"文

① 张清华:《为何要重提"文学性研究"》,《当代文坛》2023年第1期。
② 李遇春:《是继续"历史化",还是重建"文学性"——中国当代文学研究的范式之争》,《当代文坛》2023年第3期。
③ 王峰:《科幻小说何须在意"文学性"》,《探索与争鸣》2016年第9期。

学性"镜像中的"后打工文学"》(《天津社会科学》2020 年第 6 期）则别具只眼，发现以打工诗歌为代表的"后打工文学"以文学性为圭臬，并就"文学"对"打工"的规训、精英与民众的关系等问题进行反思。

　　经过以上梳理，会更为清楚这十年间，批评家是怀着怎样的心态、前理解与预期展开批评实践的，经由理论热诸多方法操练之后，重提"文学性"的概念，既是目前批评困境的表征，也带来某种建设与自我突破的可能。而不同批评家"文学性"的具体所指也不尽相同，"文学性"既可能用来克服以往研究方法的弊端，也可能对文学的最新发展造成束缚，前者是先锋性话语，后者则是保守主义、精英主义的象征。

二、探索批评文体

　　对批评文体的探索，多是出于对学院派批评的不满。施战军早在《新世纪中国文学批评的危机与生机》中便将病根归于学院评价体制，导致批评家脱离文学现场。[①] 批评文体相当于一个靶子，背后指向学院体制的规训以及批评主体的自我规训，如何平的《自我奴役的文学批评能否"文体"？》(《文艺争鸣》

---

① 参见施战军《新世纪中国文学批评的危机与生机》，《中国图书评论》2008 年第 10 期。

2018 年第 1 期)、唐伟的《被文学史劫持的文学批评——论学
院批评的文学史意向》(《南方文坛》2018 年第 2 期) 都非常犀
利尖锐。

2017 年 8 月 22—24 日,《文艺争鸣》杂志社主办了"文学
批评与文体意识"学术研讨会,反思文体意识的欠缺。《文艺争
鸣》杂志于 2018 年第 1 期组织的"文学批评与文体意识"的讨
论专辑值得重视,其中贺绍俊在《文体与文风》中认为目前的
批评文体单一僵化,缺乏真情实感。① 敬文东也持有类似观点,
认为当代文学批评写作"在最近二十年里被严重固化了","批
评家们看待文学的眼光在不断趋同,批评术语在齐步走中保持
了高度的同一化"。② 在此,大多数问题都被清晰标示,尽管解
决之道还有待进一步澄清。

关于解决批评文体弊端的方法,批评家们有三种思路:其
一,寻找批评典范,比如鲁迅、李健吾的文学批评方法被反复提
及;其二,提倡文学化的批评,发掘非学院派的批评文体,如诗
文评、对话体、随笔体;③ 其三,何平等人也特别强调向作家学习

---

① 参见贺绍俊《文体与文风》,《文艺争鸣》2018 年第 1 期。
② 敬文东:《文学批评漫议》,《文艺争鸣》2018 年第 1 期。
③ 参见王侃《学院派、诗文评及批评文体》,《文艺争鸣》2018 年第 1 期;叶立文
《体兼说部、杂文学与重建文学性——论中国当代作家的话体批评》,《文学评论》
2023 年第 2 期;姚晓雷《"学院派"文学批评文体的困境及突破路径》,《中国文
学批评》2023 年第 1 期,等等。

批评，尽力摆脱论文文体的支配。①最终的指向其实都是"去论文化"。笔者也曾带着此种问题意识系统研读当代文学史家洪子诚的《我的阅读史》《读作品记》中的文学批评，并从历史、形式、"相关性"与"生活"这四个层面获得方法论启示。这些启示意味着文学批评应努力摆脱过度技术化，并与批评者相互异化的境地，恢复阅读—批评这一文化表达空间的多样性、反思性与公共性，发挥其之于社会人生的精神价值。②

值得注意的是，并非所有批评家都认为论文文体是干扰批评写作的。《中国现代文学研究丛刊》的"特选新作研究"栏目，便试图结合审美判断与理论思辨，采取"学者批评＋作者创作谈"的形式，对新作进行深入细致的读解研究。主编李敬泽说明了这一栏目的用意："我们确实不希望在一般的评论层面上处理当下的众多作品，作为一份学术期刊，我们希望保持沉着和审慎。……我们期待具有历史纵深，具有广阔的社会、文化和美学视野，体现着理论雄心的思考和批评。我们相信，在新时代，宏大的历史运动、丰盛的当下经验、奔涌着的现象和文本，既构成了巨大的认识和阐释难度，又敞开了理论与批评的广阔空间，学术应该成为当代文学生成过程中的主动性力量。……（但）在学

---

① 参见何平《自我奴役的文学批评能否"文体"？》,《文艺争鸣》2018 年第 1 期。
② 参见李静《作为方法的"阅读史"：洪子诚文学批评中的历史、美学与生活》,《文艺论坛》2023 年第 1 期。

术层面上将某些当下作品对象化，使晦涩之物显影，在文本与世界的复杂联系中探索脉络和结构。这是值得做的事。"① 这是对学院批评理想状态的召唤。或许下意识地拒绝和批判学院派批评，还是略显表面，真正应该思考的是批评主体的自我要求、批评资源的建构以及批评能力的不断更新这些更为具体的话题，而不是让许多症候沦为"靶子"，表态胜过建设，这样对实际状况的益处不多。

第四节　跃出"专业"的批评行动："策展"与"破圈"

何平等学者关注到 20 世纪 90 年代批评界的分化，标志性事件包括：1997 年王小波去世、1998 年"断裂问卷"、1999 年"盘峰诗会"、1999 年出版了《三重门》的韩寒登上央视节目，等等。此外，"以 1996 年'马桥事件'为例，也说明 1990 年代因大众传媒的过度渲染，文学批评出现'事件化'趋势，并以一种时事

---

① 李敬泽：《编者的话》，《中国现代文学研究丛刊》2022 年第 2 期。

热点的瞩目形式进入大众视野"①。学院批评崛起、批评界分化、批评事件化，这些都是从 20 世纪 90 年代延续至今的批评状况。

虽说批评的事件化、媒介化是不可逆转的趋势，互联网时代的文学批评更是呈现散点化、匿名 / 无名化、去中心化的趋势。但正如约瑟夫·诺思指出的，"'文学批评'的首要制度场所（institutional site）就是高等院校，在那里它需要借助研究体系和课堂教学方法的独特性来证明自己存在的价值"②。学院批评持续、主动、深入的批评实践，仍是当前文学批评场域中最主要的组成部分。而倘若从中国当代文学制度与整体资源整合的角度来看，在党管理文艺的机制中，自上而下的"官方批评"依旧是极具中国特色、基于中国国情的重要研究对象。刘禾曾指出："体制化（institutionalized）文学批评逐渐发展为 20 世纪中国的一种奇特建制（establishment），成为一个中心舞台，文化政治与民族政治经常在这个舞台上轰轰烈烈地展开。"③ 这场轰轰烈烈的批评大戏在这十年间从未停止，并在新的生产力条件下展演了新的"戏码"。

"戏码"之一，便是学院派批评家虽身处学院体制内，却努

---

① 何平、顾奕俊：《中国当代文学批评的历史分期、审美嬗变与新时代走向》，《南方文坛》2023 年第 4 期。

② ［美］约瑟夫·诺思：《文学批评：一部简明政治史》"导言"，张德旭译，南京大学出版社 2021 年版，第 7 页。

③ 刘禾：《跨语际实践——文学、民族文化与被译介的现代性（中国，1900—1937）》，宋伟杰等译，生活·读书·新知三联书店 2002 年版，第 265 页。

力绕过"历史化"的强大力量，寻求与学院外力量的联合，以期提高学院派批评的现实感与影响力。其中，何平的相关思考与实践用力颇深，其著作《批评的返场》(译林出版社2021年版)描绘了作为对话与行动的批评实践方式。所谓"对话与行动"，跃出了学院的围墙，并将孤独的、纸面的批评写作构造为跨界的话语场。有意思的是，哈贝马斯曾在对近代早期英国公共领域的研究中发现，俱乐部、咖啡馆、沙龙、报刊所构成的公共领域，为理性交往、辩论机制、公共舆论的培育提供了空间，其中咖啡馆正是滋生文学批评家的土壤。在这个意义上，"批评的返场"确实有种打破分隔、重返原点的意味。这在何平与金理主持的"上海—南京双城文学工作坊"上便有鲜明体现，以跨地域、跨界的方式整合文学批评力量。南京与上海在当代文学发展过程中都扮演着重要角色，双城合作的效果堪称1+1>2。工作坊以上海和南京的文学批评家为主体，参与者呈现出更丰富的面貌(小说家、诗人、编剧、艺术家、策展人、出版人、翻译家)，带有鲜明的跨界性与对话性。工作坊迄今已举办六届，主题分别是——

"青年写作和文学的冒犯"(2017，上海)

"被观看和展示的城市"(2018，南京)

"世界文学和青年写作"(2019，上海)

"非虚构中国和中国非虚构"(2020，南京)

"文学和公共生活"(2021，上海)

"一种出版，一种思想：新兴出版和青年写作实践"（2023，南京）

相关讨论结集为《文学双城记：青年道路》（江苏凤凰文艺出版社 2020 年版）、《文学双城记：文学与公共生活》（江苏凤凰文艺出版社 2023 年版），等等。与"上海—南京文学交流工作坊"同年开始的，是何平在《花城》杂志主持的栏目"花城关注"。2016 年前后，他便观察到"期刊"是一方可以作为的天地。这不仅因为文学期刊曾极大地推动了当代文学的发展，更因为目前文学期刊分文体组织内容的形态，已经远远落后于媒体时代，于是他萌生了创新期刊内容的想法，并与《花城》前主编朱燕玲一拍即合，遂有了历时 6 年，总共 36 期（发表于《花城》2017 年第 1 期至 2022 年第 6 期）的"花城关注"栏目。2024 年 8 月，该栏目的系列点评获得第八届花城文学奖的评论奖。

"花城关注"栏目发表了中短篇小说、散文随笔、非虚构、诗歌、剧作以及难以归类的文本，参与的写作者包括万玛才旦、何袜皮、默音、双雪涛、笛安、班宇、王占黑、郭爽、淡豹、孙频、阿乙、张惠雯、韩松落、路内、姬赓、仁科等逾百人，涉及的话题更是五花八门：导演和小说的可能性、代际描述的局限、话剧剧本的文学回归、青年作家如何想象"故乡"、科幻和现实、文学边境和多民族写作、诗歌写作的"纯真"起点、散文的野外作业、网络与多主语重叠、"故事新编"和"二次写作"、西部文学、海外新华语文学、译与写之间的旅行者、创意写作、青年作家的早期风格、文学向其他艺术门类的扩张、民族志与小说、县城和文学、树洞、出圈、地方的幻觉、AI写作，等等。这些话题具有强烈的现场感，以原创性的眼光挣脱了许多学界的预设与框架，拓宽了当代文学界的版图。该栏目的内容现已结集为《花城关注：六年三十六篇（上下册）》(花城出版社2023年版)。

何平将自己在"花城关注"的这一实践命名为"文学策展"，在《"文学策展"：让文学刊物像一座座公共美术馆》一文中，他指出"'文学策展'，是在我读了汉斯·乌尔里希·奥布里斯特的《策展简史》所想到的"①，并进一步说明了自己主持"花城关注"栏目的意图与方法：

> 提出"文学策展"的概念，就是希望批评家向艺术策展人学习，更为自觉地介入文学现场，发现中国当代文学新的生长点。与传统文学编辑不同，文学策展人是联络、促成和分享者，而不是武断的文学布道者。其实，每一种文学发表行为，包括媒介都类似一种"策展"。跟博物馆、美术馆这些艺术展览的公共空间类似，文学刊物是人来人往的"过街

---

① 何平：《"文学策展"：让文学刊物像一座座公共美术馆》，《光明日报》2018年9月4日。有意思的是，有学者指出"展览电影"的趋势，摆脱了传统的时空限制，游走于不同媒介之间。参见黄天乐《从吸引力电影、扩延电影到展览电影：关于电影部署的三重位移》，《当代电影》2023年第12期。这也要启发我们从数字技术媒介的角度重新思考文学批评的组织形态。

天桥"。博物馆、美术馆的艺术活动都有策展人，文学批评家最有可能成为文学策展人。这样，把"花城关注"栏目想象成一个公共美术馆，有一个策展人角色在其中，这和我预想的批评家介入文学生产，前移到编辑环节是一致的。对我来说，栏目"主持"即批评。通过栏目的主持表达对当下中国文学作品的臧否，也凸现自己作为批评家的审美判断和文学观。"花城关注"不刻意制造文学话题、生产文学概念，这样短时间可能会博人眼球，但也会滋生文学泡沫，而是强调批评家应该深入文学现场去发现问题。一定意义上，继承的正是 20 世纪 80 年代以来文学批评的实践精神。①

"栏目'主持'即批评"，拓宽了传统的文学批评认知。批评家不只是文学生产"终端"的评判者，而是可以更主动地凭借专业能力去"制造"文学现场，介入生产端。在他看来，这还是对 20 世纪 80 年代文学批评实践的"返场"与延续。由此，他的自我定位是文学现场的漫游者和观看者，一个"报信人"，目的是让文学不同的可能性、多样性和差异性一起浮出地表。之所以如此强调跨界性与差异性，与何平对于当代文学发展现状的认识有关，在他看来，目前的文学生产是"基于不同的媒介、文学观、

---

① 何平：《重建对话和行动的文学批评实践》，《行动者的写作》，浙江古籍出版社 2022 年版，第 50—51 页。

读者趣味等各种文学生产和消费方式的文学类型划界而治"①，因而完全无法被简单"概括"。也正因此：

> 一个文学批评从业者要熟谙中国文学版图内部的不同文学地理几无可能，更不要说在世界文学版图和更辽阔的现实世界版图安放中国当下文学。质言之，网络新媒体助推下的全民写作和评论，可能反而是越来越圈层化和部落化，这种圈层化和部落化渗透到文学生产和消费的所有环节。圈层化和部落化的当下文学现实，使专业的批评家只可能在狭小的圈子里，有各自的分工和各自的圈层，也有各自的读者和写作者。希望能够破壁突围、跨界旅行、出圈发声的批评家，必然需要对不同圈层不同部落所做工作有充分理解，这对于批评家的思想能力、批评视野和知识资源无疑是巨大的挑战。②

也就是说，前文所说的学院派批评的"专业"与"职业"受到巨大挑战，因为批评家个人也是处于特定的圈层与立场之中，很难获得跨越文学部落的总体性视野，因此必须面对批评工作方

---

① 何平：《返场：重建对话和行动的批评》，《批评的返场》"序"，译林出版社 2021 年版，第 1 页。

② 何平：《返场：重建对话和行动的批评》，《批评的返场》"序"，译林出版社 2021 年版，第 2 页。

式的转型。在此意义上，"专业"与"职业"反倒成为某种不合时宜。从这个角度重读萨义德关于"专业"与"业余"的思辨，不能不有感于其当下的针对性。

萨义德在《专业人士与业余者》中首先借德布雷的研究，发现从 1880—1930 年，法国知识分子主要受到巴黎索邦大学的庇护；1930 年之后，知识分子与新法兰西评论等新出版社的编辑组成了精神共同体；直至 1968 年，知识分子成群结队走向大众媒体。萨义德认为这揭示了知识分子与社会公共结盟进而对之形成依赖的普遍性。以此为参照，我们也可以观察这十年间批评家在学院、出版机构与大众媒体上的实践与相互关系。萨义德在这篇文章中，辛辣讽刺了所谓的"专业"："我所说的'专业'意指把自己身为知识分子的工作当成为稻粱谋，朝九晚五，一眼盯着时钟，一眼留意什么才是适当、专业的行径——不破坏团体，不逾越公认的范式或限制，促销自己，尤其是使自己有市场性，因而是没有争议的、不具政治性的、'客观的'。"① 这对于我们理解学院派的诸多弊端有很多帮助，当批评写作同样作为计件产品批量生产时，或是为了换取学术资本而写作时，一种犬儒化、囿于各种"政治正确"的批评形态便会形成。萨义德指出可以用"业余性"（amateurism）进行对抗，超越利益、奖赏、行业、界限，

---

① ［美］爱德华·W.萨义德：《知识分子论》，单德兴译，陆建德校，生活·读书·新知三联书店 2016 年版，第 82 页。

单纯以兴趣作为驱动力。这十年间批评的跨界行动虽然称不上是以"业余"对抗"专业"，并未摆脱各种机制（学院、媒体、资本）的影响，但可以将之理解为调整"专业化"工作方式的点滴偏离与尝试。

2018 年，"破壁"成为热词，意指研究者开始进入二次元研究领域，直至 2020 年"破圈／出圈"成为热议话题，虽有关于"破圈"是否必要的担心，但大多数批评家的关注焦点是适应互联网传播逻辑，寻找当代文学更大的传播效能与发展空间。①《文艺报》、《文学报》、《扬子江文学评论》、北京师范大学国际写作中心等都组织了关于破圈的讨论。贾想的《进击吧！文学！》(《文艺报》2023 年 5 月 17 日）、何平、杪椤、李音的"同题共答"《文学"破圈"的可能与文学边界的拓展》(《文艺报》2023 年 9 月 15 日）等代表性文章都着眼于文学生态变化与文学自我革新等问题。

也是在 2020 年，某"头部"直播间创造了 5 秒售出 3 万册麦家《人生海海》的纪录，此后"文学＋直播"的模式屡创"奇迹"。最典型的代表是在主播董宇辉的推荐下，《额尔古纳河右岸》在 4 个月内售出 71 万册，相当于小说 2005 年首版后 17 年销量的总和。2024 年 1 月 23 日晚，《人民文学》主编施战军，

---

① 参见罗昕《打破"圈地自萌"，文学内部对话的可能与限度在哪里？》，澎湃新闻 2020 年 1 月 8 日；唐诗人《创作"下沉"，批评"出圈"》，《文学报》2020 年 1 月 23 日；徐刚《出圈——从文学"出圈"说到"学院派批评"》，《文艺报》2020 年 12 月 21 日。

作家梁晓声、蔡崇达做客"与辉同行"抖音直播间，获得《人民文学》2024年全年订阅8.26万套，成交金额1785万元的战绩。随后的2月28日晚，《收获》主编程永新、作家余华与苏童同样来到"与辉同行"直播间，截至次日零点，2024年《收获》全年杂志与2024年《收获长篇小说》，在4个小时内分别售出7.32万套和1.5万套，成交金额1468万元。文化类直播一方面帮助文学作品"出圈"，另一方面也极有可能进一步压抑健康的文学批评筛选机制。传统的文学"把关人"消失，更为依赖头部主播的粉丝数量与个人魅力，同时种种经济"奇迹"也制造了巨大的业内焦虑，市场逻辑更深地嵌入文学生产内部。

《收获》杂志一直是践行破圈的佼佼者。2021年，"第五届收获文学榜"系列活动之"无界对话：文学辽阔的天空"上，"无界"成为关键词，并延伸至后续活动。2023年的"无界漫游计划"，便是"由《收获》杂志等牵头启动，以音乐、戏剧、电影、动画、剪纸、摄影、现代舞等艺术形式，对小说、散文、诗歌等传统文学文本进行改编；活动在2024年元旦后以首届'无界文学奖'颁奖的盛典形式阶段性收官，邀请学者、评论家、作家乃至其他领域的艺术家一起，面向公众深聊文学跨界转化的实践经验与理论思考"[1]。类似的跨界评奖阵容，还有宝珀理想国文学奖（见附录7）等。

---

[1] 李壮：《"生命的风暴将裹挟我们"》，《文艺报》2024年2月5日。

至于"茅盾文学奖"与"鲁迅文学奖",近年来也走向晚会化。2022 年的"鲁迅文学奖之夜"成功举办后,中国作协继续打造"中国文学盛典"品牌名片,于 2023 年成功举办"茅盾文学奖之夜",2024 年成功举办"雪峰文论奖"之夜,并推出"文学嘉年华"式的一系列相关活动,文学构成一道道媒介景观。类似地,文学脱口秀大赛(上海作协与腾讯新闻知识官联合主办,2021;腾讯新闻、《收获》杂志社、山魈映画联合主办,2022)、文学综艺层出不穷,如综艺《文学馆之夜》(2023)、《我在岛屿读书》(2022 年第一季,2023 年第二季,2024 年第三季)。此外,纪录片《文学的日常》(2020 年第一季,2022 年第二季)、《文学的故乡》(2020)等都获得不俗的传播效果。

公允地说,文学的跨媒介融合体现了文学从业者、批评家自我突围的魄力与勇气,更加积极主动地参与到当前文化生产场域之中。但不得不说的是,在努力跟上市场规律与流量逻辑的同时,还需要一种真正"业余"的批评声音,能够上升到如此喧嚣热闹的话语场之上,能够在学院、资本、平台的种种体制之上,思考更为长远健康的文学发展之路。这并不意味着简单的文化保守主义,而是要对现实有着更复杂深入的理解。换言之,文学批评应当是一种真正的知识分子写作,它既与时代贴身肉搏,又能保持相当的独立性与批判性。在批评史上,无数次的转型与驱附无不留下许多教训,不被风潮挟持的文学批评,在任何时代都弥足珍贵。

第二章

国家文学：当代文学批评观的 主导形态

第一节　《在文艺座谈会上的讲话》（2014）：学习 与反思的驱动机制

本书所关注的十年批评实践大体是在既有制度下的发展，其主要的驱动力与实践形态包括：制定政策与标准、研讨经典与新作、重要时间节点纪念、刊物组稿与发表、批评人才培养、评奖、排榜、撰史／综述、选本、翻译，等等。总体来看，文学批评在官方体制、学院体制、资本与市场、科技、媒体（包括现象级批评事件）的合力下滚动向前。几方力量彼此交织，但顶层设计与文艺管理仍是构建批评秩序与方向的主导因素。

不独当代文学，整个 20 世纪以来的中国文学皆是如此。刘禾曾指出，"'五四'以来被称之为'现代文学'的东西其实是一种民族国家文学。这一文学的产生有其复杂的历史原因。主要是由于现代文学的发展与中国进入现代民族国家的过程刚好同步，二者之间有着密切的互动关系"①，进而提出"用'汉语文学'这个词来强调民族国家文学以外的文学实践"②。这也正是讨论 20 世纪以来中国文学研究的母题之一，即文学与政治的关系。

当代文学批评最鲜明的特征，在于"体制化"。吴俊曾提出作为"国家文学"的当代文学，并在其批评史的研究中继续阐明当代文学的体制特征："中国当代文学创作、文学生产、文学传播、文学评价、文学批评和文学研究，及由此关联构成的文学整体和文学结构系统，最鲜明、最突出的一个宏观表现特征，就是政治刚性规范的制度制约性。……国家文学制度的型塑是中国当代文学的最大显性特征和政治特征，也是中国当代文学史演变的根本力量和内在逻辑呈现。"③

如果从观念与实践层面具体观察，国家文学的含义是："在观念上主要体现为意识形态的思想导向和引领，在实践中体现为权利的具体分配，包括权利的分层（纵向）、分类（横向）及交叉上的不同投入与平衡配置。"④这一分析，清晰地从观念和实践

---

① 刘禾：《文本、批评与民族国家文学——〈生死场〉的启示》，载唐小兵编《再解读：大众文艺与意识形态（增订版）》，北京大学出版社 2007 年版，第 1 页。
② 刘禾：《文本、批评与民族国家文学——〈生死场〉的启示》，载唐小兵编《再解读：大众文艺与意识形态（增订版）》，北京大学出版社 2007 年版，第 18 页。
③ 吴俊：《批评史：国家文学和制度规范的视阈——关于〈中国当代文学批评史〉的若干思考》，《中国当代文学研究》2021 年第 6 期。
④ 吴俊：《批评史：国家文学和制度规范的视阈——关于〈中国当代文学批评史〉的若干思考》，《中国当代文学研究》2021 年第 6 期。

层面体现了批评实践中"宏观调控"的重要性。贺桂梅的《书写"中国气派"：当代文学与民族形式建构》一书则强调，正是有了建立人民共和国的明确诉求，中国当代文学才得以真正区别于现代文学，其质的规定性才建立起来。朱羽也持类似观点："文学批评与研究归根到底要和'中国'这一国家形态产生某种联系。——不管是形式的还是实质的联系。"①

因此也就不难理解，"民族国家文学""国家文学""共和国文学"都可以被视作"中国当代文学"的近义词。洪子诚在其重要论文《"当代文学"的概念》里从根本上说明了"当代文学"概念的构造过程与特质。"当代"绝不只是绵延至今的自然时间，而是有着独特的文化政治内涵，历史分期与命名都是为了"制作"特定形态的历史。"当代文学"是指比"新文学／现代文学"更高等级、更进步的社会主义文学（即新的人民文艺），并以"预设"理想形态与"选择"正确的题材、内容、风格等作为自己的构建方式，其直接起源是 20 世纪 40 年代出现的延安文艺整风运动与延安文学实验。② 在延安所确立的文学发展战略中，文艺是整个革命工作的重要一环，这意味着要"从政治本体论内部（而非外部）厘定文艺自身的特殊性乃至自律性"，由此文艺便具

---

① 朱羽：《"中国式现代化"与真理—政教—美学机制的转型》，《现代中文学刊》2023 年第 1 期。
② 参见洪子诚《"当代文学"的概念》，《文学评论》1998 年第 6 期。

有了"广义的教育功能"，也就能理解"文艺创作和文艺批评所负载的文化政治使命"，①其中文学批评负责在阐释与构建当代文学制度的过程中发挥核心作用。即便经历了自 20 世纪八九十年代以来对革命文学的反思，文学批评的职能从思想斗争变为思想解放，2014—2024 年的当代文学批评也无法脱离当代文学的本质规定性，即其与国家意识形态、文化战略与教育启蒙职责的同构关系。

"十年"是历史叙述经常使用的单位，但本书选择坐标 2014—2024 年并非出于惯性，而是有着"断代"的理由与必要性。时间下限定为 2024 年，亦是本书撰写的时间，使得书写行为带有强烈的"现场观察"的意味，携带着及时记录、消化整理的迫切感，当然也会充满含混与犹疑，携带着时代情绪与无意识的密码。入场观察，难度极大，置身其中的观察者难以避免地受到自家视角、趣味乃至立场的影响。本书对于这些限制有着高度自觉，但也坚信"现场观察"的价值不在于完善度，而在于那种执着于此时此刻的思想过程与情感能量。这也正是"文学批评"的特点。吴亮曾发表《认识发展的环节：片面性与不成熟》(《当代文艺思潮》1984 年第 5 期)、《批评即选择》(《当代文艺探索》1985 年第 2 期) 两篇关于文艺批评实践的文章，在此基础上，黄

---

① 张旭东:《"革命机器"与"普遍的启蒙"——〈在延安文艺座谈会上的讲话〉的历史语境及政治哲学内涵再思考》,《中国现代文学研究丛刊》2018 年第 4 期。

子平写出了《深刻的片面》一文。两位批评家的深度对话，彰显了文学批评实践的独特性，指出批评的片面性是很容易的，但全面性更近乎一种虚构，批评所能拥有的"恰恰是真实的片面和片面的真实"，"困难在于怎样把深刻性从其片面性中解放出来"。①在今天的语境中，与大数据、云计算相比，任何一项人工制作的"样本"或许都是片面的，但"样本"的真正意义在于"片面"之中孕育的特定观察视角与思想探索，在于突破各种类型话语霸权的异质性。现象与情感、审美与政治、观念与无意识、现状与潜能，都交织在"现场观察"这一文体之中。②换个角度看，"现场观察"亦是"历史写作"，如胡适立足彼时所撰《五十年来中国之文学》不正是考掘其时文学观念的重要文献？只有在这样的前提下，批评工作才能重建自身的价值根基与思想针对性。

　　至于为何选择 2014 年作为观察起点，直接源于前文所述的当代文学批评与国家体制的共生关系。莫其逊曾在《改革开放四十年文学批评学术史脉络研究》中结合改革开放的历史进程对批评史作了如下分期：拨乱反正新时期文学批评（1978—1987）、社会主义市场经济转型期当代文学批评（1988—1997）、世纪之

---

① 黄子平：《深刻的片面》，《读书》1985 年第 8 期。

② 张旭东曾对自己改革 30 年文化思想历程的研究概括为阐释性、批判性的断代史写作，带有"当代生活的考古学"色彩，"可算是变动中的当代中国文化—政治精神状况的'意识的经验学、意识的形态学、意识的现象学'建构的一部分"。张旭东：《文艺文化思想领域 40 年回顾》，《东方学刊》2018 年第 1 期（创刊号）。

交的跨世纪批评（1998—2007）以及文化强国进程中的新时代批评（2008—2018）。其中，最后一个时段与本书所论十年有所重叠，该文对这一时段的特征概括颇具参考价值："（1）改革开放深化与文化强国战略：党的十八大以来以习近平文艺工作座谈会讲话为标志，形成新时代中国特色批评发展强势；（2）批评核心价值体系构建：主旋律与多元化、民族性与世界性、现代性与传统性关系；（3）民族复兴进程中的批评传统回归；（4）"请进来"与"走出去"的跨文化交流机制；（5）电子媒介时代的网络批评及媒介诗学崛起，数字时代对批评的挑战与机遇；（6）新时代中国特色文学批评发展趋向。"[1] 这是批评史分期的常见方式，以国史、党史、改革开放史的关键节点作为基本标准，进而"灌注"此阶段批评实践的内容与特点。这样的描述纲举目张，具备相当的阐释力，但在本书的论述中，比起 2008 年或是 2012 年，2014 年之于文艺批评的影响要更为直接一些。

首先，这与 2014 年 10 月 15 日习近平总书记发表《在文艺工作座谈会上的讲话》(以下简称"《讲话》")有极为重要的关联。2013 年，党的十八届三中全会审议通过《中共中央关于全面深化改革若干重大问题的决定》，待到《讲话》，文艺工作的治理逻辑更为清晰，这延续了《在延安文艺座谈会上的讲话》从总体工作

---

① 莫其逊：《改革开放四十年文学批评学术史脉络研究》，《南方文坛》2020 年第 4 期。

中定位文艺批评的思路。2014 年的《讲话》从中华民族伟大复兴的文明视野中定位文艺工作的地位与功能，强调文艺创作要以人民为中心，以中国精神为灵魂。除去对创作的关注外，《讲话》更是专门花篇幅强调了"要高度重视和切实加强文艺评论工作"，因为"文艺批评是文艺创作的一面镜子、一剂良药，是引导创作、多出精品、提高审美、引领风尚的重要力量"。[①] 为了达到这一理想状态，《讲话》具体指出了文艺评论工作需要杜绝的倾向："文艺批评要的就是批评，不能都是表扬甚至庸俗吹捧、阿谀奉承，不能套用西方理论来剪裁中国人的审美，更不能用简单的商业标准取代艺术标准，把文艺作品完全等同于普通商品，信奉'红包厚度等于评论高度'。文艺批评褒贬甄别功能弱化，缺乏战斗力、说服力，不利于文艺健康发展"。[②] 这段话的信息量巨大，建立与完善文艺批评的功能，需要抵制人情面子的纠缠、西方理论的规训，以及商业利益的诱惑。由此，目前文艺批评所处的生态结构清晰起来，需要克服的具体问题也被逐一点明。《讲话》还借用鲁迅的说法，将批评工作比喻为"剜烂苹果"，即"把烂

---

① 中共中央宣传部编：《习近平总书记在文艺工作座谈会上的重要讲话学习读本》，学习出版社 2015 年版，第 32 页。
② 中共中央宣传部编：《习近平总书记在文艺工作座谈会上的重要讲话学习读本》，学习出版社 2015 年版，第 32—33 页。

的剜掉，把好的留下来吃"。①最重要的是，《讲话》为文艺批评接下来的发展方向给出明确指示：

> 要以马克思主义文艺理论为指导，继承创新中国古代文艺批评理论优秀遗产，批判借鉴现代西方文艺理论，打磨好批评这把"利器"，把好文艺批评的方向盘，运用历史的、人民的、艺术的、美学的观点评判和鉴赏作品，在艺术质量和水平上敢于实事求是，对各种不良文艺作品、现象、思潮敢于表明态度，在大是大非问题上敢于表明立场，倡导说真话、讲道理，营造开展文艺批评的良好氛围。②

在指出文艺批评工作的诸多误区后，这段话正面阐述了文艺批评"理想"的发展道路：其一，从定位上，"批评"应为"利器"与"方向盘"，应当纠正文艺生产中的不良倾向，将社会主义文艺引导到正常的发展轨道上来。这一思路也与20世纪50—70年代社会主义文学建构过程中的批评观一脉相承。正如周扬在第一次文代会指出的："批评是实现对文艺工作的思想领导的

---

① 受此影响，作家出版社于2018年推出"剜烂苹果·锐批评文丛"，推出李建军、洪治纲、陈冲、杨光祖、牛学智、石华鹏、李美皆、何英、唐小林等十位批评家的文集。

② 中共中央宣传部编：《习近平总书记在文艺工作座谈会上的重要讲话学习读本》，学习出版社2015年版，第33—34页。

重要方法。"① 其二，从资源与方法而言，要以马克思主义文艺理论为指导，"继承创新"中国传统文论，"批判借鉴"现代西方文论，古今中西的理论资源由此有机汇入当代文艺批评的视野之中，开放性与原则性兼备。批评的标准，乃是坚持历史的、人民的、艺术的、美学的观点的统一，这是对政治决定论与纯审美论的双重扬弃，是在认真吸取社会主义文艺历史经验基础之上作出的理论升华。其三，从氛围来看，"圈子化"批评几乎已经耗尽曾经的积极能量，与人情批评、红包批评有着暧昧不清的关系。而商业化的批评亦干扰了批评的独立性与标准。因此，批评的勇气、底线、伦理等问题亟须直面，亟待解决。这对于改善整体的文化机制与生态，重建批评的影响力与公信力，都有着非常根本的意义。

通过上面的阐述可以看出，《讲话》之于文艺批评工作的影响是全方位的，这不仅是因为它以自上而下的方式将"批评的不足"标示为亟须解决的课题，更因为它切中时弊，明察"病理"，给出了具体努力的方向。批判与建设并存，一个新的批评阶段即将展开。《讲话》发表之后，文艺界反响强烈，批评界的诸种反思与行动逐步展开。此后，习近平总书记陆续发表了关于文艺工作的系列论述，包括《在哲学社会科学工作座谈会上的讲

---

① 周扬：《新的人民的文艺》，载中华全国文学艺术工作者代表大会宣传处编《中华全国文学艺术工作者代表大会纪念文集》，新华书店 1950 年版，第 96 页。

话》（2016 年 5 月 17 日）、《在中国文联十大、中国作协九大开幕式上的讲话》（2016 年 11 月 30 日）、《在参加全国政协十三届二次会议文化艺术界、社会科学界委员联组会时的讲话》（2019 年 3 月 4 日）、《致中国文联中国作协成立七十周年的贺信》（2019 年 7 月 16 日）、《在中国文联十一大、中国作协十大开幕式上的讲话》（2021 年 12 月 14 日）、《在文化传承发展座谈会上的讲话》（2023 年 6 月 2 日），等等。

有论者总结，习近平总书记关于文艺工作的系列论述有着清晰的发展逻辑，2014 年主要聚焦问题，2016 年确立"道路自信、理论自信、制度自信、文化自信"，2018 年提出建立本土阐释标准，2020 年提出"文化强国"战略，大力引导精品创作。论者进一步强调："新时代以来，文学批评标准的研究总体呈现出分析问题、解决问题、确立原则、秉持初心、创构未来的发展路径，同时在文学批评的顶层设计及文艺政策研究、文学批评标准的理论及实践研究、新媒体文学批评的研究等方面，取得了相当不错的成绩。"①"发现问题—确立标准—采取行动—创构未来"，从顶层设计再到学习与落实，成为我们描述这十年"批评故事"的关键线索。

以 2014 年《讲话》发表后中国文联与中国作协的行动为例。

① 刘巍、傅瑶：《新时代文学批评标准的话语实践》，《当代作家评论》2022 年第 3 期。

中国文联 2014 年 5 月 30 日成立中国文艺评论家协会（中国评协），这是国内首个也是唯一由国家批准的全国性文艺评论家组织，仲呈祥当选首任主席。若以 2015—2016 年为时段观察，便会发现中国评协展开了极为丰富的活动，包括培养人才、举办论坛、推优选先、创办刊物与建立新媒体矩阵，以"国家队"姿态整合资源，多方面推进文艺评论工作，也很鲜明地代表了当前文艺评论工作运转的典型样态。中国评协的活动简要罗列如下：2015 年开始联合各科研机构共建中国文艺评论基地；2015 年 4 月与多家单位合办的"首届全国文艺评论骨干专题研讨班"在昆明举办；2015 年 6 月 24 日，中国评协理论委员会在北京成立；2015 年 9 月 25 日，中国文艺评论家协会青年工作委员会在北京成立，同时举办了"新时期青年文艺评论家的责任与作为"研讨会；2015 年创办杂志《中国文艺评论》，并于 2015 年 10 月开通中国文艺评论网，这是全国首家专业性文艺评论网站（"中国文艺评论"微信公众号已于 2014 年上线）；2015 年设立青年文艺评论家"西湖论坛"；2016 年设立配合"一带一路"的"长安论坛"与"全国民族文艺论坛"；2016 年起举办每年一度的"啄木鸟杯"中国文艺评论年度推优活动，产生较大影响。①

与此类似，中国作协为了搭建文学批评新平台，2014 年 11

---

① 参见中国文艺评论家协会《中国文艺评论家协会：吹响文艺评论集结号》，《中国艺术报》2019 年 7 月 15 日。

月 22 日，中国文学批评研究会成立，中国社科院副院长张江担任会长；自 2015 年起设立中国文学博鳌论坛；① 2015 年 3 月《中国文学批评》创刊。除去这些文学机制与文学活动，批评界还掀起"学习与反思"的热潮。

2014 年，习近平总书记在文艺座谈会上作了重要发言后，《文艺报》《解放军报》《文艺研究》等刊物便迅速发表了张炯、白烨、徐贵祥、梁红鹰、郭文斌、施战军等人的学习文章。2015 年 10 月 15 日，《讲话》全文发布。中宣部、中国文联、中国作协集中学习，《人民日报》《光明日报》《文艺报》《文学报》《中国艺术报》等报刊开辟专栏讨论。这类学习文章众多，不妨以《中国文艺评论》为例：2015 年第 1 期刊发"习近平总书记文艺座谈会重要讲话精神"专题研究；2016 年第 12 期刊发"学习贯彻十次文代会精神"笔谈；2020 年第 10 期刊发"学习习近平总书记关于文艺工作重要论述"笔谈；2022 年第 1 期刊发"学习贯彻习近平总书记在中国文联十一大、中国作协十大开幕式上的重要讲话精神"笔谈；2024 年第 1 期刊发"习近平文化思想与新时代文艺的使命"专题，等等。"政策—学习—反思—实践"构成批评界的重要行动轨迹。

---

① 历届论坛主题为："世界视野中的中国文学与中国精神"（2015）、"贯彻落实党的十九大精神，创造新时代的新史诗"（2017）、"回顾与展望：改革开放 40 年的中国文学"（2018）、"新人、新主题与现实题材创作""从小说到影视：文学如何介入大众视野""历史视野下的脱贫攻坚与新农村书写"（2019），等等。

　　批评界在这十年的学习过程中，将"新时代"确立为鲜明的分期概念。铁凝在《新时代中国文艺的前进方向》(《求是》2019年第1期）一文中，深入全面地阐释了文学与"新时代"之间的关系。李敬泽、何向阳、范玉刚、马建辉等也都从不同角度阐发了新时代文艺的相关话题。2021年8月，中央宣传部、文化和旅游部、国家广播电视总局、中国文联、中国作协等五部门联合印发了《关于加强新时代文艺评论工作的指导意见》。2022年，中国文联十一大、中国作协十大召开后，"新时代文学"更是成为批评界重点阐发的概念。铁凝、张宏森等作协领导均发文予以阐释。《人民日报》自2022年6月14日起推出"新时代文学新气象"系列文章，吴义勤、施战军、白烨、李云雷、丛治辰等批评家纷纷撰文，为新时代文学发展梳理成就、展望远景。《文艺报》也以2012年作为"新时代"起点，推出"我们这十年"栏目开展专题盘点。其中，"刘琼、胡妍妍的《新时代文学：在时代图景里淬炼文学质地》综合梳理'新时代文学'的历史概念理路、尝试提炼其'质的规定性'，体现了相关主题文章的典型思路之一种"①，值得关注。

　　相关学术活动与组稿工作也陆续进行，比如由中国作家出版集团和《文艺报》报社联合主办、《中国当代文学研究》编辑部

---

① 李壮：《新时代的文学与新的经典化——2022年文学理论评论综述》,《文艺报》2023年2月8日。

承办的"新时代·文学批评何为"学术论坛，中国社科院文学研究所主办的"习近平文化思想与中国文学研究"学术研讨会，中国现代文学馆与《中国现代文学研究丛刊》主办的"学习习近平总书记在文化传承发展座谈会上的重要讲话"研讨会。《文艺报》开设"赓续历史文脉　谱写当代华章""学习贯彻习近平文化思想"等专栏、《文学评论》设"学习习近平总书记在文化传承发展座谈会上的重要讲话"笔谈专栏，等等。在此无法穷举，但仅就此便可看出自上而下的、全方位的、持续的学习进程。

除去召唤理想的批评状态，批评界另一重要的活动是"反思"。《讲话》涉及文学批评的部分，主要针对改革开放以来的各种乱象，围绕这些乱象的反思贯穿了这十年，比如《中国文艺评论》2016 年第 8 期推出特别策划"批评的自省"。同样是在 2014 年，《人民日报》和中国社会科学院共同在《人民日报》文艺评论版开设"文学观象"栏目，张江任主持人，针对文学价值观的方方面面进行讨论，相关评论已结集出版《原点、焦点与热点："文学观象"系列论评》（人民出版社 2015 年版），其中便针对历史虚无、道德消解、娱乐至死等弊病展开讨论。

有非常多的批评家都撰写过相对全面的反思文章，其中资深批评家代表南帆的反思就很有代表性，如他在《文学批评：八个问题与一种方案》一文中指出当代文学批评受制于八种二元对立项，包括当代文学与经典、审美与历史、内部研究与外部研究、文本中心与理论霸权、作品的有机整体原则、文学批评是否科学、作家与批评家和精英主义、批评家应当"永远历史化"。① 该文为理解当前文学批评的基本问题域提供了参考。此后，他又撰有《文学批评、阐释与意义空间》，尖锐地指出批评界的问题，比如堆砌概念、言不由衷的表扬、陈词滥调、崇洋媚外等，而"文学批评的自省与反思更像是临时表态"②。"80 后"批评家代表杨庆祥则指出"命名缺席"的问题："但问题在于，批评家们过于热衷于所谓的文本分析和现象呈现，而缺乏一种整体视野和命名能力。因此，对当下文学写作中的历史转向和想象机制的变更缺乏宏观分析和理性洞察，这些研究从这个意义上讲类似于竹内好所谓的'缺乏主体'的研究。所谓的批评，绝不只是一部一部作品的阅读，一个一个作家的跟踪研究，它同时强调历史的逻辑和当下性的关联，它要求的是一个更有整体性的观察方法，并在这种整体观察中发现问题之所在。"③ 在这篇发表于 2018 年的文章中，他试图改变"只见树木"的批评方式，尝试对 21 世纪以来的创作潮流做出概括，包括"新伤痕文学写作"、蜕化了的现代主义写作、"非虚构写作"以及科幻写作，这些潮流分别对应着文学与现实（政治）的关系问题、主体与世界的关系问题、虚构

---

① 南帆：《文学批评：八个问题与一种方案》，《文学评论》2018 年第 1 期。
② 南帆：《文学批评、阐释与意义空间》，《当代文坛》2023 年第 1 期。
③ 参见杨庆祥《重建一种新的文学——对我国文学当下情况的几点思考》，《文艺争鸣》2018 年第 5 期。

（模仿）的真实性与文学的社会意义问题。[1]

反思精神值得褒奖，但也需要正视。反思之声已经持续数十年，但大多数声音近乎表态，陈词滥调常有，而切近实际的洞见少有，遑论对改善批评现状的具体操作方案。批评界内外都可以从"第三方"视角抱怨批评生态的恶化，但很少有批评家会将批评与自我批评结合起来，反思自己作为"局中人"的问题与出路。这与批评能力、批评权力秩序有关。在这方面，法国社会学家布迪厄的做法非常值得参考，他一直坚持针对自我进行分析，原因在于，他发现所有学者都会自觉或不自觉地将特定的认识论假设和知识场域的利益"变身"为标榜客观性的知识与理论。因此，构建一种对于前提与主体的"反思的认识论"极为关键。[2]我们有理由期待，反思的进程开启，越来越多不同身份、代际反思者的加入，会丰富思考的角度，并随着这一进程的推进累积出更多的收获。

以上对 2014 年《讲话》掀起的学习与反思热潮作了挂一漏万的梳理，以此揭示这十年批评实践展开的重要路径。回到前文所说的国家文学定位，官方体制对于文学批评政策的制定与实施、资源整合、平台搭建、队伍建设的影响举足轻重。这里仅以

---

[1] 参见杨庆祥《重建一种新的文学——对我国文学当下情况的几点思考》，《文艺争鸣》2018 年第 5 期。

[2] 参见［法］皮埃尔·布迪厄、［美］华康德《实践与反思——反思社会学导引》，李猛、李康译，邓正来校，中央编译出版社 1998 年版。

队伍建设为例，鲁迅文学院定期举办的青年批评家班、中国现代文学馆自 2011 年开始的客座研究员制度（客座研究员名单见附录 1）都是推出批评新人的重要平台。笔者所在的单位中国艺术研究院马克思主义文艺理论研究所，自 1986 年起主办《文艺理论与批评》杂志，常年关注青年批评家的成长，同时还坚持举办青年文艺论坛，迄今已有 100 余期（历次青年文艺论坛主题见附录 4）。这种"一刊、一论坛"的格局对于培养青年批评家、团结批评队伍、跟进批评现场具有一定的优势。国家层面的资源整合与队伍建设是我们在考察十年批评实践时不能不首先注意到的。

第二节　内在于国家历史的经典化冲动

文学批评的重要职能是评估价值、筛选经典、建立秩序。当代文学作为进行中的、开放性的场域，始终都包含着自我经典化的焦虑与诉求。经典化的行动，常常集中爆发于各种国家级的纪念节点上。在每个时间节点，批评家们都会加以表态与总结，汇聚为一次次话语热潮。笔者将这十年间的时间节点大致罗列如下：纪念抗战胜利 70 周年（2015）、先锋文学 30 年（2015）、寻根文学 30 年（2015）、新诗百年（2015）、新文学百年（2017）、新时代 5 年（2017）、改革开放 40 周年（2018）、

马克思 200 周年诞辰（2018）、中华人民共和国成立 70 周年
（2019）、"五四"百年（2019）、新世纪文学 20 年（2020）、建
党百年（2021）、鲁迅 140 周年诞辰（2021）、毛泽东《在延安
文艺座谈会上的讲话》发表 80 周年（2022）、文艺座谈会召开
10 周年（2024），等等。具体到重要作家作品、文学现象、文学
流派与文学社团等重要纪念节点，也会出现相应的批评文章，这
里无法完全罗列，但也足可见到当代文学批评界应接不暇的"定
时"活跃。这当然不只是批评界所独有的现象，可以说是中国文
化中对于时间节点高度重视的体现。正是在一次次纪念中，文学
秩序的主线、分期更加巩固。

　　具体到当代文学批评，先锋文学 30 年、当代文学 70 周年
与新世纪文学 20 年的三场纪念值得关注。首先，2015 年同时迎
来先锋文学与寻根文学 30 年，但前者的纪念更为踊跃。《南方文
坛》2015 年第 3 期推出"先锋文学三十年"研究专辑，《文艺争
鸣》《文艺报》《文学报》《小说评论》等报刊均刊发了相关文章。
作为先锋文学重要的批评家，陈晓明在《先锋派的历史、常态化
与当下的可能性——关于先锋文学 30 年的思考》中指出："先
锋作为一个派已经无法在当代文化中存在，但作为一种精神和意
识，隐藏在我们看似常规化和常态化的文学现状中，它要起到撕
裂和开辟的作用。"① 这就将"先锋文学"泛化与经典化为一种精

---

① 陈晓明：《先锋派的历史、常态化与当下的可能性——关于先锋文学 30 年的思
　考》，《文艺争鸣》2015 年第 10 期。

神意识，而不是某个具体的文学潮流，这种思路是许多批评家的共识。

其次，当代文学 70 周年。在人民大会堂举行的"纪念中国文联、中国作协成立 70 周年座谈会"上，习近平总书记发来贺信，中宣部部长黄坤明发表讲话，中国文联、中国作协领导和作家艺术家代表发言。《文艺报》《人民文学》举行创刊 70 周年座谈会，"全国诗歌座谈会"将中国诗歌 70 年发展成就及经验启示作为重要讨论话题之一，各地各刊物也纷纷展开了一系列纪念和研讨活动。随着"新中国 70 年 70 部长篇小说典藏"丛书、《中华人民共和国成立 70 周年优秀文学作品精选》、《新中国 70 年文学丛书》等主题出版物的隆重推出，当代文学经典化工作继续推进。《文艺报》专门开辟"新中国文学七十年足迹"等专栏，分别盘点不同文体的创作成绩，并刊发了一系列回顾总结 70 年中国文学发展成就的名家访谈文章。《人民日报》"逐梦 70 年"专栏和《光明日报》"新中国文学记忆"特刊，同样体现了自我经典化的努力。

最后，新世纪文学 20 年。《南方文坛》开设"新世纪 20 年文艺"专题，发表了丁帆、孟繁华、洪治纲、王一川、耿占春、李朝全、王兆胜等批评家的文章，对 21 世纪以来中国文学批评各文体的成绩进行总结。《艺术广角》也组织了"新世纪文学 20年：回顾与观察"笔谈。《诗刊》2020 年第 13 期发表张清华的《狂欢·平权·地理·碎片——关于"新世纪诗歌二十年"的几个关键词》一文，勾勒了 21 世纪前 20 年诗歌的总体发展图景。

伴随着当代创作的涌现，定期评奖也是批评实践推动经典化的重要方式，以便及时筛选与评估作品价值。在 2014—2024 年，2015 年、2019 年、2023 年共颁发三届茅盾文学奖，2014 年、2018 年、2022 年共颁发三届鲁迅文学奖，其他奖项更是数不胜数。此外，各种媒体与民间的奖项也有很多。伴随着新晋获奖作品出炉，传统媒体与新媒体都会催生出各式评论专辑，各种批评研讨活动层出不穷，这也是在热点作品、新出作品驱动下当代文学批评的常见行动轨迹。

此外，在日常性的批评生产中，《当代作家评论》开设了"寻找当代文学经典"栏目，《小说评论》开设了"重勘现象级文本"专栏，以批评的方法重勘与寻找当代文学的经典。对于当代文学的自我经典化，有论者质疑："由于文学批评界渐成风气的'加速经典化'趋势，也就导致当代文学史版图的所谓'经典化作品'拥挤不堪，这之中的一个致命问题就是没有经过充分论证的作家迅速挤进当代文学史的评价对象范畴。而与拥挤现象相联系的，是文学批评作为一种在审美价值、思想价值上所具有的过滤功能，正在'学院派'批评家当中丧失。"[1] 这一反思提出"加速经典化"，或者说经典作品过于拥挤的情况，原因在于学院派

---

① 何平、顾奕俊：《中国当代文学批评的历史分期、审美嬗变与新时代走向》，《南方文坛》2023 年第 4 期。

的把关作用未能得以充分发挥。

　　对当代文学经典化标准提出挑战的，还有网络文学与科幻文学。关于网络文学经典化的讨论，21世纪初，网络文学的主流化讨论便已萌芽，到2010年前后，欧阳友权、邵燕君等学者继续推动了网络文学主流化的讨论。在近十年间，网络文学的经典化继续深化，邵燕君、黎杨全、赵静蓉、王玉玉、汤哲声、林俊敏等都提出自己的观点。特别是赵静蓉、王玉玉围绕黎杨全的文章《网络文学的经典化是个伪命题》（《文艺争鸣》2021年第10期）展开商榷，体现了批评互动的意义。其中厘清了网络文学与传统文学之间的差异，而前者的经典性标准需要重新建立。

　　科幻文学①、儿童文学也在加速经典化，相关文学史、文学选本接连出现。而且伴随着刘慈欣、曹文轩等斩获国际大奖，中国当代文学的世界性影响已经成为客观存在的事实。中国当代文学已经成为世界文学的重要组成部分，如孟繁华所说："中国当代文学经典化的国际化语境业已形成。"②张望的《中国当代文学经典建构的海外因素》具体从海外汉学的理论方法、海外获奖与海外译介三个方面探讨了中国文学经典建立的海外因素。③这些都

---

① 参见路遥《论刘慈欣科幻小说的经典化趋势》，《中国现代文学研究丛刊》2018年第9期。

② 孟繁华：《中国当代文学经典化的国际化语境——以莫言为例》，《文艺研究》2015年第4期。

③ 参见张望《中国当代文学经典建构的海外因素》，《国际汉学》2020年第1期。

展示了当代文学经典标准的更新与变动，当代文学批评实践也在中国与世界关系的宏阔视域中展开。

第三节 "讲好中国故事"：现实主义深化、二次元民族主义与想象力政治

翻阅 2014 年的当代文学批评，"讲好中国故事"是非常鲜明的主题词。根据曹成竹的梳理，"中国故事"作为当代文学批评话语，在 20 世纪末便已出现，比如海力洪的《写好"中国故事"》(《南方文坛》1999 年第 1 期)。[①] 这个时间点出现类似观点，并不奇怪。在 20 世纪 90 年代的批评界，现代性、后现代性、全球化与民族寓言等都是批评界讨论的热门话题。在围绕后现代性展开的热烈讨论中，张法、张颐武、王一川合写了一篇带有宣言性质的文章《从"现代性"到"中华性"——新知识型的探寻》。鉴于 20 世纪末中国的发展状况，包括社会市场化（大众传媒化、消费化、分层化）、审美泛俗化、文化价值多元化（新保守主义、实用主义、新启蒙主义）等，他们认为"现代性作为一种现实进

---

① 参见曹成竹《"中国故事"与当代中国文艺实践的感觉结构》，《江西社会科学》2021 年第 7 期。

程已趋于完结"，进而开始转向"中华性"这一新的知识型，而中华性正是对古典与现代的双重继承与超越。[1] 迈向"中华性"的一跃，首先是研究者身处全球化语境中尝试构建自身主体性的理论创造，但却以另一种理想主义的姿态避开了对全球秩序的深入分析，以急切的态度想象性地克服了西方霸权，同时又对消费主义与后现代怀抱过高期待，对 20 世纪 90 年代盛行的民族主义情绪与国学热也不无暗合之处。由此也可见 20 世纪 90 年代运用西方理论的难度：在全球知识生产体系中，既要借助他者眼光发现与阐释中国的真实问题，又要保持理论生产的主体地位与现实感，二者之间的平衡尚未实现。从"现代性""后现代性"再到"中华性"，实际上也预言了 21 世纪学界的总体趋向。

在 21 世纪的第一个十年里，中国经济快速增长，直至 2010 年上升为世界第二大经济体，"中国崛起"逐渐成为海内外共识。习近平总书记在 2013 年 3 月 17 日的第十二届全国人民代表大会第一次会议闭幕式上发表就任宣言，其中提出"中国梦"的说法："中国梦是民族的梦，也是每个中国人的梦。只要我们紧密团结，万众一心，为实现共同梦想而奋斗，实现梦想的力量就无比强大，我们每个人为实现自己梦想的努力就拥有广阔的空间。生活在我们伟大祖国和伟大时代的中国人民，共同享有人生出彩

---

[1] 参见张法、张颐武、王一川《从"现代性"到"中华性"——新知识型的探寻》，《文艺争鸣》1994 年第 2 期。

的机会，共同享有梦想成真的机会，共同享有同祖国和时代一起成长与进步的机会。有梦想，有机会，有奋斗，一切美好的东西都能够创造出来。"① 随后，在同年 8 月《在全国宣传思想工作会议上的讲话》（即 "8·19" 重要讲话精神）上，习近平总书记进一步提出了 "讲好中国故事"："要着力推进国际传播能力建设，创新对外宣传方式，加强话语体系建设着力打造融通中外的新概念新范畴新表述，讲好中国故事，传播好中国声音。"② 同年 12 月 30 日，习近平总书记主持十八届中央政治局十二次集体学习时指出，"提高国家文化软实力，要努力提高国际话语权。要加强国际传播能力建设，精心构建对外话语体系，发挥好新兴媒体作用，增强对外话语的创造力、感召力、公信力，讲好中国故事，传播好声音，阐释好中国特色。"③ 可见，"讲好中国故事" 从诞生起，就与对外宣传、国家软实力等命题结合；"讲好中国故事" 更是传播学，对外交流领域、出海外译传播的常见话题。

在曹成竹的梳理中，"讲好中国故事" 被明确提出后，经历

---

① 习近平：《在十二届全国人大一次会议上的讲话》，中国政府网，2013 年 3 月 17 日。
② 习近平：《讲好中国故事，传播好中国声音》，载中共中央党史和文献研究院、中央学习贯彻习近平新时代中国特色社会主义思想主题教育领导小组办公室编《习近平新时代中国特色社会主义思想专题摘编》，中央文献出版社 2023 年版，第 328 页。
③ 习近平：《提高国家文化软实力（2013 年 12 月 30 日）》，《习近平谈治国理政》，外文出版社 2014 年版，第 162 页。

了五个发展阶段：其一，在 2014 年的《在文艺工作座谈会上的讲话》中与文艺工作直接挂钩。"'阐发中国精神''展现中国风貌''提供中国经验'等重要表述，明确了讲好中国故事的内涵和目标。"① 其二，2016 年 5 月，习近平总书记《在哲学社会科学工作座谈会上的讲话》使之与学术研究对接起来。其三，"2017 年 10 月的十九大报告第七部分是'坚定文化自信，推动社会主义文化繁荣兴盛'，在该主题的第五个方面'推动文化事业和文化产业发展'中，再次提到了'讲好中国故事'。这一问题是与中国在新时期的文化自信、文化繁荣、国家文化软实力等联系在一起的，因此具有文化治理和文化策略的意义"。② 其四，"2021 年 12 月，习近平总书记《在中国文联十一大、中国作协十大开幕式上的讲话》对'讲好中国故事'做了集中凝练的概括，从文化根基（彰显中国审美旨趣）、文化导向（传播当代中国价值观念）、文化格局（反映人类共同价值追求）这三个方面规划了中国故事的文化内涵与价值向度"。③ 其五，"2022 年 10 月的二十大报告在'增强中华文明传播力和影响力'的标题下，提出'坚守中华文化立场，提炼展示中华文明的精神标识和文化精髓，加快构建

① 曹成竹：《"讲好中国故事"的马克思主义理论阐释》，《山东社会科学》2023 年第 4 期。
② 曹成竹：《"讲好中国故事"的马克思主义理论阐释》，《山东社会科学》2023 年第 4 期。
③ 曹成竹：《"讲好中国故事"的马克思主义理论阐释》，《山东社会科学》2023 年第 4 期。

中国话语和中国叙事体系，讲好中国故事、传播好中国声音，展现可信、可爱、可敬的中国形象'。这一提法将文艺创作、对外传播、学术研究、文化建构等方面结合在一起，可看作对'讲好中国故事'的理论凝练总结，而'中华文化立场''中华文明的精神标识''中国叙事体系'等提法，则是紧贴当代文化精神所做的新概括和提出的新要求"①。至此，"讲好中国故事"成为集合对外宣传、文艺创作、学术研究、文化战略、文明建构于一体的重要理论话语，经由上述梳理，其发展路径与理论内涵都是十分清晰的。

这意味着"讲好中国故事"不仅是宣传口号或某种理论谱系，更是在重塑一种中国观念，重塑中国意识与文艺工作的内在关联，并以或隐或显的方式渗透下去。借用《文化纵横》杂志 2015 年第 4 期的封面主题，这种努力最终指向"重建中国史观"，是在重建历史意识、主流价值与实践方式。

如此看来，2014 年批评实践中"讲好中国故事"的高频出现，便不仅容易理解，而且具备标志性的典型性。比如，张颐武《中国故事：命运与梦想》（《解放日报》2014 年 2 月 23 日）、霍俊明《如何讲述"中国故事"与"本土现实"》（《文艺报》2014 年 4 月 28 日）、陈思《现实感、细节与关系主义——"中国故事"

---

① 曹成竹：《"讲好中国故事"的马克思主义理论阐释》，《山东社会科学》2023 年第 4 期。

的一条可能路径》(《南方文坛》2014年第5期)、徐刚《"中国
故事"与本土传统的观念化表达——略论〈炸裂志〉的寓言和形
式》(《南方文坛》2014年第5期)等文章。其中，李云雷的相关
讨论持续而系统。2014年1月24日，李云雷在《人民日报》发
表文章《何谓"中国故事"》，他从当代文学的层面界定了"中国
故事"的内涵：

> 在我看来，所谓"中国故事"，是指凝聚了中国人共同
> 经验与情感的故事，在其中可以看到我们这个民族的特性、
> 命运与希望。而在文学上，则主要是指站在中国的立场上所
> 讲述的故事，这主要包括以下几个层面：相较于上世纪80
> 年代以来的"个人叙事"、"日常生活"、"私人生活"，"中国
> 故事"强调一种新的宏观视野；相较于"五四"以来，尤其
> 是上世纪80年代以来的"走向世界"，"中国故事"强调一
> 种中国立场，强调在故事中讲述中国人（尤其是现代以来的
> 中国人）独特的生活经验与内心情感；相较于"中国经验"、
> "中国模式"等经济、社会学的范畴，"中国故事"强调以文
> 学的形式讲述当代中国的现代历程，在"中国经验"的基础
> 上有所提升，但又不同于"中国模式"的理论概括，而更强
> 调在经验与情感上触及当代中国的真实与中国人的内心真
> 实。在这个意义上，我不想在"现实与虚构"这一普遍的范
> 畴中看待中国与故事的关系，而将讲述"中国故事"作为一

个整体，一种新的文艺与社会思潮，我想这可能会更有意义，也更能启发我们的思考。①

这段界定将讲述中国故事标举为新的文艺思潮，强调其鲜明的中国立场。在《如何讲述新的中国故事？——当代中国文学的新主题与新趋势》中，他对"如何讲述"有了更清晰的描绘："新近出现的一些作家作品预示着，新的时代已经超越了近代以来启蒙与救亡的总主题，中国文学正在走出五四新文学的传统，当前不同层次的文学作品中都显现出了中国人的文化自觉；中国人的形象正在发生变化，在国外的中国人形象不再是'落后者'，传统中国文化不再被视为愚昧，而国内的中国人形象也发生了变化，中国人不再以农民的形象为主要代表，而更多地以都市人群为代表；不少中国作家开始探索新的中国美学，突破西方传统小说的规范，更关注中国人独特经验与情感的表达。"② 该文结合最新的文学创作，从主题、形象、美学等角度为"中国立场"注入内涵。他的论述也彰显了讨论"中国故事"的两个角度：概念界定与实现路径。此后，李云雷陆续出版的专著也以"中国故事"作为核心概念，包括：《新世纪"底层文学"与中国故事》（中山

---

① 李云雷：《何谓"中国故事"》，《人民日报》2014 年 1 月 24 日。
② 李云雷：《如何讲述新的中国故事？——当代中国文学的新主题与新趋势》，《文学评论》2014 年第 3 期。

大学出版社 2014 年版)、《如何讲述新的中国故事》(北京十月
文艺出版社 2017 年版)、《新时代文学与中国故事》(团结出版社
2021 年版)。与此同时，其他批评家的诸多文章也都围绕文学如
何表现中国，以及如何化用民族文化传统来展开。①

　　值得注意的是，质疑的声音也时有出现。李振在《关于"中
国故事"的若干疑问》里追根究底："中国故事"到底是谁的故
事，"中国故事"如何制造，到底需要怎样的中国故事？②这是
作者对大而化之的讨论方式的纠正。贺仲明的《讲述，还是中
国？——对"如何讲述中国故事"讨论的思考》则力图纠正讨论
的"重点"，认为之前过于关注"讲述"的行为，却对讲述对象
"中国"没有进行深入思考③。金春平的《主体的延展与叙事的自
觉——"叙述中国故事"的文学情境、维度及范式》系统全面地
批评了对"中国故事"概念的滥用，强调要对其内涵与外延溯源
清理，在文明差序格局中真正建构本土经验，警惕本质主义与民
族主义的叙事陷阱。④杨庆祥则以"新伤痕写作"揭示了中国故

---

① 比如批评家对贾平凹《老生》的重要关注点是其对传统资源的借用。代表文章
　有谢有顺的《乡土的哀歌——关于〈老生〉及贾平凹的乡土文学精神》、陈思的
　《"新方志"书写——贾平凹长篇新作〈老生〉论》等。
② 参见李振《关于"中国故事"的若干疑问》,《南方文坛》2014 年第 5 期。
③ 参见贺仲明《讲述，还是中国？——对"如何讲述中国故事"讨论的思考》,《哈
　尔滨工业大学学报（社会科学版）》2015 年第 4 期。
④ 参见金春平《主体的延展与叙事的自觉——"叙述中国故事"的文学情境、维度
　及范式》,《民族文学研究》2019 年第 5 期。

事书写中"历史的反复"。他在文中以莫言的《蛙》、余华的《第七天》、阎连科的《炸裂志》等为案例，指出这种书写中国故事的写作潮流以改革开放史为对象，依旧秉持人道主义话语，对苦难进行事件式铺陈，与伤痕文学同样基于文学与政治的二元论想象，因而可以被命名为"新伤痕文学"。他认为对中国故事的书写需要突破伤痕模式，展开更多辩证思考。① 对"讲好中国故事"的持续讨论，虽观点、角度各异，但共同关注点都是如何深化现实主义的创作方法，更深刻、更具主体性地把握当下现实。

在这方面，近年来的网络文学、主旋律影视剧（比如受到年轻人追捧的《大江大河》《山海情》《觉醒年代》《人世间》）、国风游戏、国潮品牌、文化遗产的文旅融合等方面的表现更加亮眼，发挥着讲述中国故事、构建情感共同体的作用。下文将以批评家对这一趋势的两种讨论路径为例，其一为"二次元民族主义"的提出，其二为科幻批评中的想象力政治。

"二次元民族主义"较早被白惠元所阐发。他发现动画电影《大圣归来》的"自来水"现象在2015年引人注目，并总结道："这种民族主义动能在文本内部以'大闹天宫'的'民族形式'复现，进而召唤出观影者的民族主义情怀，询唤出'动漫一代'的民族主体性，使他们满意、感动、潸然泪下，自发形成网

---

① 参见杨庆祥《重建一种新的文学——对我国文学当下情况的几点思考》，《文艺争鸣》2018年第5期。

络'自来水'大军，最终助推了本片的票房逆袭，而孙悟空也又一次成为'想象的共同体'的重要触媒。"①他借鉴高寒凝"民族主义的逆向破壁"这一观点，挖掘二次元民族主义的动能，打破了御宅一代、动漫一代以自我为中心的刻板印象。林品也在《青年亚文化与官方意识形态的"双向破壁"——"二次元民族主义"的兴起》中正面阐释了二次元民族主义的含义，借助 2015 年现象级网络动画《那年那兔那些事儿》讨论二次元文化与民族主义的结合。他指出："所谓'二次元民族主义'，指的是在中国的动漫游戏爱好者社群中形成的、通过动漫游戏的媒介形式表达的民族主义潮流。"②高寒凝、白惠元与林品等研究者都从文艺发展的前沿敏锐觉察到，针对动漫一代／御宅一代的民族国家叙事正在形成，并且逐渐生成区别于传统现实主义写作的叙事逻辑。王玉玊将新代际的生命体验概括为"宏大叙事稀缺症"兼"宏大叙事尴尬症"，二者并存意味着，青年人既不能接受以往的宏大叙事，但同时也渴望新的宏大叙事，因而有着不合时宜的别扭。③总之，这十年间批评实践的巨大变化是需要正视新一代青年人的生命体

---

① 白惠元：《叛逆英雄与"二次元民族主义"》，《艺术评论》2015 年第 9 期。其专著《英雄变格：孙悟空与现代中国的自我超越》(生活·读书·新知三联书店 2017 年版) 关注孙悟空形象变迁与现代中国历史的同构关系。

② 林品：《青年亚文化与官方意识形态的"双向破壁"——"二次元民族主义"的兴起》，《探索与争鸣》2016 年第 2 期。

③ 参见王玉玊《编码新世界：游戏化向度的网络文学》，中国文联出版社 2021 年版，第 19—24 页。

验，关注新的历史观、现实观的最新形态。

何威在研究中发现，对于二次元一代的研究，2016 年是一个转折点。他指出："从 2016 年开始，国内围绕'二次元'的学术话语和媒体话语建构数量猛增，而对'御宅／宅文化'的论述则相对减少，事实上完成了一次概念的'升级换代'或曰'重构'。"① 他认为二次元在中国受到独一份的重视，与其适应文化体制改革，提高国家文化软实力与讲好中国故事都密不可分。"二次元亚文化""再政治化"背后有着四大主要机制："现实政治对主体的结构性影响和对客体的审查规制""爱好者规模急剧扩大，促进二次元亚文化主流化和大众化""党政部门在宣传工作中频繁征用二次元亚文化""市场力量引导二次元经济向国家主流政治话语靠拢"。② "二次元民族主义"是在个人生命体验与现实政治、市场力量的汇流下出现的，情感世界日渐被资本力量渗透，而虚拟形象激发的情感又是如此"真切"，这些都是当下文艺生产的特点。与此类似，刘海龙等新闻传播学者也陆续发表《像爱护爱豆一样爱国：新媒体与"粉丝民族主义"的诞生》[《现代传播（中国传媒大学学报）》2017 年第 4 期]、《假想敌、怨怼与粉丝民族主义的动员机制》（《上海思想界》2018 年第 4 期）等文章，

---

① 何威：《从御宅到二次元：关于一种青少年亚文化的学术图景和知识考古》，《新闻与传播研究》2018 年第 10 期。
② 何威：《二次元亚文化的"去政治化"与"再政治化"》，《现代传播（中国传媒大学学报）》2018 年第 10 期。

分析新媒体技术、商业文化与民族主义之间的复杂关联，并认为持有简单批判立场已难以奏效。

　　另一个例证来自"制造未来"的科幻电影。如果说英美科幻电影长期垄断着想象未来的权力，那么《流浪地球》在 2019 年春节档的横空出世，则标志着权力的位移。当《流浪地球》中出现大量中国地名，以中国视角讲述未来故事时，无数观众为之震撼，共同认定这部电影开启了中国科幻电影元年。但从批评界的角度看，《流浪地球》有着两极化评价，在不同地区也有迥异的接受情况。其中的根本分歧，便出现在国家主义、民族主义与人道主义、自由主义之间的碰撞之中。《流浪地球》打破了欧美的想象力霸权，中国人开始以拯救者的形象出现，一些人为之兴奋，而另外的群体则由此引发了对"太空战狼"的隐忧——社会内部不同的政治观点／潜意识由此浮出水面。可以说，即便是在以宇宙为尺度的至高至远的想象中，依旧可以看到民族国家与本土文明形态的强大在场，规定着想象力展开的路径与形状。在中国崛起的背景下，从古老文明形态的视角出发，去阐释中国式想象力的价值自是在情理之中。正如刘复生所说："我们这个文明共同体需要建立新的自我理解和世界理解，文学需要重新体现出生存意义与文化价值的决断。"① 由此也就可以理解，中国科幻研

---

① 石晓岩主编：《刘慈欣科幻小说与当代中国的文化状况》，社会科学文献出版社 2018 年版，第 5 页。

究的一个重大命题在于如何理解科幻这一舶来文类的"中国性"。有没有必要突出"中国性"，"中国性"的所指为何，如何体现本土科幻的"中国性"，如何从中国文明内部重塑科幻想象力等，都成为驱动当代科幻想象力的深层机制。对此夏笳的总结很有启发："中国科幻受到关注显然不仅仅是一个文学或者文化事件，而必须放在一种更大的历史语境中去理解，也即是'中国'作为一个文化政治议题，甚至可以说一个开启想象空间的符码，在这个'后冷战之后'时代里所扮演的重要角色。中国科幻作家们提出了这个时代最为敏感也最为核心的一些问题，得到了很多关注，但是否能够形成有意义的对话还需要假以时日。"① 基于科幻视角的文明论述，是会复制既有的全球文明秩序，还是能够基于本土特性发明更为多样开阔的文明理解，令人拭目以待。而这也是科幻之所以能够牵动所有人的能量所在。

　　二次元文化、科幻想象无不为"讲好中国故事"不断续写着新的篇章。从顶层设计、文艺管理、文化战略到现实主义向度的传统文学创作，到虚拟时空的世界建构，再到技术化、媒介化时代的崭新生活方式与情感世界，讲好中国故事始终是潜伏在底座的"元意识"，而文学批评实践也在与新时代、新代际的碰撞中努力自我更新。

---

①　转引自徐萧《中国科幻的进击与隐忧》，澎湃新闻 2019 年 5 月 22 日。

第四节　重建中国观：文明·世界·地方

一、中国研究与革命的"文明"论

这十年间，上接"中国模式""中国道路""中国学派"的讨论，下接"文化自信""构建中国自身的哲学社会科学的学科体系、学术体系、话语体系"等国家战略，构建本土学术的自主性趋势明显加强。王学典认为中国人文学术迎来第三次转型，将从"以西方化的现代化为纲"转变为"以中国化的现代化为纲"。①中国当代文学批评的产生、发展必须在"中国视野"下加以观照。自 2014 年作为全面深化改革的开局之年迄今已有十年，"文化自信"（2014）、"传承和弘扬中华美学精神"（2014）、"铸牢中华民族共同体意识"（2014）、"建设中国特色学科体系、学术体系和话语体系"（2016）、"把马克思主义基本原理同中国具体实际相结合、同中华优秀传统文化相结合"（2021）、"人类文明新形态"（2021）、"中国式现代化"（2022）、"全球文明倡议"（2023）、"文化传承"（2023）等重要理论相继推出，主线十分清晰，那便是逐步构建立足于中国主体性的文明观、文化观与发展观。

在人文学术领域，2017 年度中国人文学术十大热点的头条便

---

① 参见王学典《迎接第三次学术大转型》，《中华读书报》2022 年 5 月 4 日。

是："顺应文化气候变迁，建构中国气派和中国风格的学术话语正在成为学界的自觉诉求。"① 中国与世界的动态关系，带来中国观与中国研究的变化，当代文学批评作为当代思想话语之一种，处于这样的巨变中。对中国的认识与讨论，以及如何立足中国本土经验展开知识生产是近年来各个学科共通的问题，也构成理解批评实践的总体背景。

20世纪80年代，文学批评转型受到西方理论的极大影响，到了90年代学院派批评实践中，理论的操演更为频繁。正如洪子诚的总结："批评的理论化是这个时期出现的重要征象。传统的作家、文本批评自然还大量存在，但一些重要的批评成果，其注意力已不完全，或主要不在作品的评价上，寻求理论自身的完整性和理论的'繁殖'，即在文本阐释基础上的理论'创作'，成为更具吸引力的目标。这与80年代以来对欧美现代文学批评理论的引进有很大关系。叙事学、后现代主义、后殖民主义、女性主义等诸种理论在90年代的文学批评中表现颇为活跃：这大抵由'学院派'批评家引领风骚。"②

在本书所观察的这十年间，将西方理论套用在中国文学经验的弊端被高度关注，以致达成共识。比如，丁帆在《新世纪中国文学批评摭谈》中提出应该建构21世纪中国文学批评的新体系，

---

① 《2017年度中国人文学术十大热点》，《中华读书报》2018年4月25日。
② 洪子诚：《中国当代文学史》，北京大学出版社2010年版，第416页。

但这个体系一定是要符合中国文学批评实情，否则一味跟着西方的文学批评潮流走，是无法走出困境的。[①] 类似地，批评家们纷纷开始反思理论的限度，倡导批评的"及物"，探索更好的解读文本的方式。比如，《文艺争鸣》2022 年第 7 期推出专辑"没有文学的文学理论"争鸣专辑。朱国华的《渐行渐远？——论文学理论与文学实践的离合》一文，梳理了 20 世纪 80 年代以来"涵纳了文学欣赏、文学批评与文学理论的某种文学研究统一体"逐步分化的历史过程、内外原因以及文学评论自身的分化情况，指出文学批评及文学理论在一些时候容易"引向自指的、不及物的智力游戏，引向学院内部的文化产品的自产自销、自我循环"，提出了对"文学理论与文学实践脱钩"现象的忧思。[②] 沈杏培的《正义与及物——关于文学批评何为及当前困境的思考》[《南京师大学报（社会科学版）》2017 年第 1 期]、汪涌豪的《及物批评亟待重返现场》(《中国文艺评论》2019 年第 6 期)、王逸群的《走向文学批评的"物美学"——从文学研究与文学体验的脱节谈起》(《文艺研究》2022 年第 2 期) 等都共同呼唤批评的及物性，而及物性意味着对于中国经验的深入理解。

　　这一轮对理论热的反拨，并非要驱逐理论，而是更深层次的

---

① 参见丁帆《新世纪中国文学批评摭谈》,《南方文坛》2020 年第 6 期。
② 朱国华：《渐行渐远？——论文学理论与文学实践的离合》,《浙江社会科学》2020 年第 12 期。

理论自觉，以及对恰切的、基于本土文学经验生成理论的热切渴求。杨扬的点评非常中肯，认为当前的文学评论大多是阅读感想，较少有理论建构与核心概念。[①] 邵燕君的感受也很有代表性："进入网络文学乃至网络文化研究以来，理论的贫乏一直是我们的瓶颈。"[②] 加拿大学者麦克卢汉，日本学者东浩纪、大塚英志、宇野常宽，美国学者亨利·詹金斯等对中国网络文学研究影响很大，目前更多的前沿理论被译介，同时本土理论体系也在逐步建设中。总之，一边是理论的滥用、套用，一边是理论的贫乏，这些都真实地共存于这十年间，共同指向本土的理论建构。

各学术期刊积极推动本土理论建构。《文学评论》2016第3期推出专题"中华美学精神"，2019年第4期推出专题"构建中国特色哲学社会科学及知识体系"；《文艺争鸣》2019年第6期推出了"批评理论的中国问题"研究专辑。此类努力鲜明地显示出理论评论界构建中国本土文艺理论话语的自觉意识。《当代作家评论》2023年开设由郜元宝主持的"中国当代小说理论建构"专栏，旨在回顾总结当代小说发展的创作经验、话语资源与理论建构的可能性。批评界对建构自身理论主体性的意识十分强烈，并不断推进相关工作。

---

① 参见杨扬《新世纪文学批评得失谈——鲁迅文学奖文学理论评论奖参评作品读后》，《南方文坛》2023年第1期。
② 高寒凝、邵燕君等：《中国的"二次元宅"如何解读东浩纪？》，《花城》2017年第4期。

　　这十年间，女性主义、生态主义、文学地理学、图像学、媒介学、文化人类学等理论也逐渐受到关注。总体来看，在构建理论自主性上，现实主义理论与马克思主义文论受到的重视程度较高。围绕现实主义，《文艺报》开设了"理想性与现实主义文学的可能性"系列笔谈，发表了一系列文章。孟繁华的《现实主义：方法与气度》、丁帆的《我们经历了什么样的"现实主义"》、李松睿研究现实主义的系列论文，均值得关注。网络文学现实主义、科幻现实主义，也成为讨论的高频对象。

　　此外，李敬泽在《热忱描绘新时代新征程的恢宏气象》一文中写道："从《讲话》到习近平总书记关于文艺工作的重要论述，中国化的马克思主义文艺观的理论和实践与时俱进、不断发展，形成了深邃博大的理论体系，开辟了文艺实践和创造的广阔道路。"[1]马克思主义文艺理论与传统文论资源的结合，成为近年来构建中国特色文艺批评体系的方向。"通过打通马克思主义文学批评的政治性、历史性、审美性、人民性标准与中国文学批评'道''文''质'标准，实现中国马克思主义文学批评的政治逻辑、情感逻辑、伦理逻辑与知识逻辑的统一，因而它可以使中国马克思主义文学批评标准在理念与实践两个方面成为一种统一文学创作、鉴赏、教化、批判与行动五重目标的全新文学批评共同

---

① 李敬泽：《热忱描绘新时代新征程的恢宏气象》，《人民日报》2022年5月26日。

体。"① 中国文艺评论家协会、中国文联文艺评论中心主办的"马克思主义与中华优秀传统文化相结合的文艺路径"论坛，推进了新时代马克思主义文艺理论和评论建设。中国艺术研究院马克思主义文艺理论研究所主办的马克思主义文艺理论论坛、自 2013 年迄今每年度推出的《马克思主义文艺理论学科发展研究报告》以及科研课题"马克思主义文艺理论中国化历程研究"，都持续推进了马克思主义基本原理及其中国化的研究。

追根究底，深入理解中国经验、建立自身理论体系的前提，还是离不开如何理解当代中国。贺桂梅在《"文化自觉"与知识界的中国叙述》中对 21 世纪的中国研究作了详细系统的梳理，包括：费孝通 20 世纪 90 年代中后期的"文化自觉"、2004 年成立的"中国文化论坛"、赵汀阳的"天下体系"（2005）、生活·读书·新知三联书店出版的"文化：中国与世界新论"丛书、潘维主持的"中国模式"讨论（2009）、韩毓海以中国为本位重述世界史（2009），并且以韩毓海的著作《五百年来谁著史：1500 年以来的中国与世界》勾连出海外中国研究的脉络，包括弗兰克的《白银资本：重视经济全球化中的东方》、乔万尼·阿里吉的《亚当·斯密在北京：21 世纪的谱系》，等等。② 王德威则

---

① 谷鹏飞：《中国马克思主义文学批评标准的创新问题》，《西北大学学报（哲学社会科学版）》2023 年第 2 期。
② 参见贺桂梅《"文化自觉"与知识界的中国叙述》，《重述中国：文明自觉与 21 世纪思想文化研究》，北京大学出版社 2023 年版，第 31—42 页。

梳理了西方（尤其是华裔）学者近年来对于中国的认识，典型代表如杜维明的"文化中国"论、王赓武的"在地的、实践的中国性"、李欧梵的"游走的中国性"、王灵智的"双重统合结构"的中国性，提供了海外视野。在此基础上，王德威特别强调葛兆光"从周边看中国"的研究思路，"承认了'中国'总是一个从他者的眼光来界定、协商、互动的一个政治、历史场域"①。海内外对于中国的最新研究或显或隐地影响着当代文学研究与批评的展开。

　　从国内当代文学研究与批评来看，在后冷战与"中国崛起"的背景下，"文明论"作为支配性的话语场域，在当代中国以"文明—国家"、传统文化热、"儒家资本主义"等具体形态呈现出来，以文明为单位重构中国与世界的图景。刘复生的《文明论视野与当代文艺创作潮流》(《当代文坛》2020 年第 2 期)认为，"保守主义在新世纪的强势回归并走向文明论，和 1980 年代的传统文化热已完全不同……新世纪的主题则演化为反现代性的文明中国论，核心关切是如何保卫以民族性为基础的政治共同体和文明共同体"②。作为总体格局，这一形态的文明论渗透进革命历史、知青、军事、科幻等题材领域。该文聚焦现象级作品中的文明论

① ［美］王德威：《现当代文学新论：义理·伦理·地理》，生活·读书·新知三联书店 2014 年版，第 140 页。
② 刘复生：《文明论视野与当代文艺创作潮流》，《当代文坛》2020 年第 2 期。

色彩，总体省思当前文艺生产中保守主义回归的趋势。

与此不同，贺桂梅则是在梳理英法传统普遍主义的"文明"论、德国式的民族主义的"文化"论以及当代中国国族主义的"文明"论的三条线索之上，试图突破凝固、封闭以及等级制的文明论。她强调"文明"是总体性、包纳性的概念，它包含了政治经济的层面（但又并不仅是政治经济学），包含了文化的层面（但又并非文化主义），此外还强调文明的"复数"形态与流动性，探寻"一种超越民族主义、超越冷战意识形态、超越后殖民情境，也超越所有现代主义意识形态的批判思想介入其中的可能性"[①]。在此基础上，贺桂梅提出一种"互为主体"的方法论，进而获得一种自反性的视野。

《书写"中国气派"：当代文学与民族形式建构》一书旗帜鲜明地提出革命的"文明"论，从民族形式的角度考察 20 世纪 40 年代至 70 年代的革命文学，重审当代中国的底色、基础和形式。书中犀利地指出，正因为有意无意地忽略了 20 世纪 40 年代至 70 年代民族形式建构对于传统文化的转化与再造，才会导致 20 世纪 80 年代直接跳过曾经的经验一头扎进"寻根"话语。[②] 而这也直接奠定了后革命的今天，轻易地将革命定义为"腰斩"文明

---

① 参见贺桂梅《"文明"论与 21 世纪中国》，《文艺理论与批评》2017 年第 5 期。

② 书中指出："'文化寻根'正是在这样的后革命氛围和去冷战的历史语境中，才得以作为问题提了出来。"参见贺桂梅《书写"中国气派"——当代文学与民族形式建构》，北京大学出版社 2020 年版，第 203 页。

的罪魁祸首，或是将革命粗暴地等同为"封建倒流"的前现代时期，继而去亲近想象中的、既纯且美的文明传统。

　　因此，该书致力于揭示革命文学曾经涵纳古今中西的"气派"，描画曾经存在过的、扎根于传统与生活，却又不失现代性与革命性的文明气象；在中国文明的脉络中理解革命的发生，探讨一种革命的、"政治化"的"文明"论的可能。事实上这也是一种以当代文学特性为基础的文明论重构与传统重构。贺桂梅自述这是将文明论再政治化的过程："但我觉得，21世纪中国知识界在用'文明'来看待中国历史和中国传统时，整体上呈现出了一种'去政治化'的特点，即将'文明'视为某种本质性的、静止的东西。《书写"中国气派"》将讨论的范围放在1940—1970年代这一时段，其实是要讨论在社会主义革命的当代性视野中，如何调用、重构中国文明史的传统和经验，将其中的地方因素、传统因素、民间因素重新组织、纳入中国社会主义革命的目标与实践之中。此时，'革命''文明'的涵义都发生了变化，这是一个将'文明''政治化'的过程。所以，我所讨论的'革命的"文明"论'，重心是在'革命'，讨论的是'革命'如何在'文明史'的视野中展开、如何使'文明''政治化'等问题。"①

　　汪晖在与贺桂梅的对话中指出，必须重新界定"文明"的含

---

① 汪晖、贺桂梅、毛尖：《民族形式与革命的"文明"论》，《文艺理论与批评》2021年第2期。

义："过去我曾经用'跨体系社会'来描述中国文明，其实中国文明也可以说是一种'跨文明的文明'。中国文明的强韧有力之处就在于它总有一种包容力，可以将其他文明的要素内化为自身的要素，同时又不会变为另一种文明。这种包容力涵纳于我们的日常生活和情感交往之中。这就是'中国化'的含义，是一种持续再造自身的过程。基督教文明、伊斯兰文明进入中国有漫长的历史，其实都已经在历史进程中逐渐内化为中国文明中非常内在的部分。在这个意义上，中国的历史与文化，很难简单用近代的'文明'范畴加以描述，即很难被民族主义和种族观念单面化的'文明'范畴所描述。……说明一点，我对重新调用文明范畴并不持反对态度，关键是如何在扬弃 19 世纪欧洲的文明概念的基础上重新界定这一范畴。"① 以"文明论"讲述革命中国，以革命实践重构"文明论"是革命的"文明"论的内在含义，其关键在于扬弃 19 世纪欧洲发明的文明等级论。这也是近十年来当代文学研究与批评领域自发主动的理论建构，促使人们对于当代中国有更深入的理解，值得继续关注。

---

① 汪晖、贺桂梅、毛尖：《民族形式与革命的"文明"论》，《文艺理论与批评》2021年第 2 期。

二、中国文学中的世界文学与"世界中"的中国文学

近年来的海外中国研究从研究古典的汉学（Sinology）延伸至现当代，"'中国学'（China Studies）是'汉学'式微以后在学术界日渐受到重视的领域，'中国学'的范围比 Sinology 或 China Studies 更为广泛，除了传统文字、文本的研究，中国学也包括政治、社会、经济、科技、文化、教育、出版、信仰、性别研究及周边关系等领域，举凡与中国有关的课题，纵及古今，横跨中外，都可以是中国学的范围"①。"中国学"源于哈佛大学费正清教授于 1955 年年初成立的"哈佛大学东亚研究中心"。从近十年的当代文学研究与批评来看，海外成果中值得关注的有宋明炜的《中国科幻新浪潮：历史·诗学·文本》（2015）、贺麦晓的《中国的网络文学》（2015）、邓腾克主编的《哥伦比亚现代中国文学指南》(2016)、罗鹏和白安卓主编的《牛津现代中国文学手册》（2016）、王德威主编《哈佛新编现代中国文学史》（2017），等等。

具体到当代文学批评，莫言获"诺贝尔文学奖"（2012）以及刘慈欣获"雨果奖"（2015）成为当代文学走向世界的标志，催生了许多讲好中国故事的论述。2013 年 12 月 7 日的"莫言：全球视野与本土经验"学术研讨会与 2014 年 10 月 24 日—25 日的

---

① 李焯然：《从"汉学"到"中国学"》，《光明日报》2015 年 4 月 14 日。

"讲述中国与对话世界：莫言与中国当代文学国际学术研讨会"都将莫言的创作定位于世界性与本土化的多维度坐标系之内，并以莫言的创作讨论为契机探讨了中国当代文学立足"中国身份"，讲好"中国故事"，书写"中国经验"的主题。与此类似，关于刘慈欣的探讨也往往离不开"走向世界的中国科幻文学"这类话题。自此以后，"世界中的中国文学"、"当代文学出海传播"、当代文学翻译研究等成为热议话题。

在此，不妨引入两部同年出版且产生广泛影响的作品作为对照，分别是洪子诚教授的《当代文学中的世界文学》（北京大学出版社 2022 年版）与王德威教授主编的《哈佛新编中国现代文学史》（四川人民出版社 2022 年版）。在后者中，王德威教授撰写了题为《"世界中"的中国文学》的长篇导论，与洪教授的著作"反向而行"。

《当代文学中的世界文学》延续了《问题与方法——中国当代文学史研究讲稿》中所提炼的"历史批评"与"内部研究"这一进路，将当代文学的概念、生产方式与话语体系放入历史语境中加以考察，了解其具体含义与形成过程，并暴露其历史限度。这一进路的出现有着自身的思想文化背景，20 世纪 80 年代以来的启蒙主义批判难以深入清理历史本身的复杂问题，必须进一步深入对象内部的逻辑中，由此达至批判性的解读。① 在《当代文学中的世界文学》中，洪子诚教授延续内部清理与内部反思的思路，深入观察当代中国文学在自我建构的过程中，是如何评估与扬弃世界文学资源的，在社会主义文艺的相关性视域中洞察当代中国文学生产体制的特点，乃至描绘特定的"文化性格"。②

　　近年来关于"社会主义世界主义"已有不少讨论，比如傅朗教授的专著《社会主义世界主义：1945 年到 1965 年的中国文学宇宙》(*Socialist Cosmopolitanism: The Chinese Literary Universe, 1945–1965*, Columbia University Press, 2017) 便是典型代表。与傅朗关注文学知识的跨国流通相比，《当代文学中的世界文学》更关注国际共运的历史实践，其"世界"是以社会主义理念的落地及其多样化实践形态为基础的，因而对于社会主义阵营内部的相关性问题尤为重视。所谓"相关性"，是指历史传统与具体语境不同，但却有着相似的问题状况与文化生产机制，具体来说便是聚焦为以苏联为首的"社会主义世界主义"图景及其内部的相关性与差异性。③ 许多历史中的惊心动魄与婉转

① 参见洪子诚《问题与方法——中国当代文学史研究讲稿》，北京大学出版社 2010 年版，第 85—96 页。

② 参见洪子诚、李静《"内部反思"与精神史的多元图景——关于〈当代文学中的世界文学〉》，《南方文坛》2023 年第 1 期。

③ 关于苏联想象的"世界进步文学"图景，可参见李杨《何为"中国当代文学"？何谓"世界文学"？——读洪子诚新作〈中国当代文学中的世界文学〉》，《文艺争鸣》2022 年第 11 期。

心曲，是有着共同文化处境的人才能够真正体会到的。"借用历史学家柯文的描述，对'局内文化知识'的清理工作，或许注定只能由洪教授这代人来开启与承担，其中的复杂况味是只有局内人才能准确感知与细腻书写的。"① 有意思的是，王德威教授在《"世界中"的中国文学》中使用了与"相关性"类似的概念——"互缘"，即彼此连带的关系状态。只不过二者指向不完全相同，"互缘"更关心众声喧"华"的多元性与开放性。这与他所提倡的"华语语系文学"一脉相承。

需要注意的是，洪著所采取的方式，超越了一般的比较文学研究，将世界文学带回到当代文学内部。20 世纪末，陈思和已经关注到当代文学中的世界性因素这一话题。陈平原也觉察到这样的思维变化："但最近 20 年有一个变化，那就是超越'比较'的立场，混合外国文学与中国文学，突破学科边界，以问题为中心，立足东亚，面向世界，或者站在世界文学潮流的角度，反观中国文学，这里有欧美的中国学者的努力，也包含中国国内原先研究外国文学的专家转而关注晚清文学或左翼文学等，如从中国社科院外文所转任文学所所长的陆建德。关键是国际学术交流的增加，年轻一辈的学者有机会接触各种新思潮，从事文学研

---

① 李静：《当代中国科幻研究的三重世界视野 ——从洪子诚〈当代文学中的世界文学〉的启示出发》，《文艺争鸣》2022 年第 11 期。

究时，不再画地为牢，仅仅讨论'中国问题'。"① 以中国文学为本体，融汇中西、跨越学科与语际的研究格局正在展开。"世界"不只是作为知识背景存在，而是构成了理解中国文化生成的内在因素。

相比之下，《哈佛新编中国现代文学史》是面向海外受过高等教育的普通读者的文学史读本。在进入 161 则万花筒般的文学史"横截面"之前，序言可谓纲举目张，显豁道出本书的宗旨。王德威教授借用海德格尔"世界中"（worlding）的概念阐发道：

> "世界中"是世界的一个复杂的、涌现的过程，持续更新现实、感知和观念，借此来实现"开放"的状态。既然"世界中"是一种变化的经验展开，也就暗示一般所谓"世界"相对的故步自封，缺乏新意。……但"世界中"也许仍可作为一个批判性的观念，引导西方读者联想一个意义同样广泛的"文"的观念，不仅观察中国如何遭遇世界，也将"世界带入中国"。②

"世界中"有着强烈的动词意味，冲破着固化的"世界"模

---

① 陈平原、王德威、[日]藤井省三：《中国现代文学研究的方向》，《学术月刊》2014 年第 8 期。参见其中陈平原的发言内容。

② 王德威撰并修订：《导论："世界中"的中国文学》，载王德威主编《哈佛新编中国现代文学史》(上)，张治等译，四川人民出版社 2022 年版，第 21—22 页。

式，不仅观察中国与世界的相遇，更要将"世界带入中国"。这一带有充分方法论自觉的文学史书写实践试图将中国文学经验放置在全球华语流通网络中来观察，并具体落实为时空的"互缘共构"、文化的"交错互动"、"文"与媒介的衍生以及文学与地理版图想象这四条线索，着力开掘中国文学历史性与现代性的丰富内涵。此外，本书的143位作者来自中国内地与港台地区以及日本、新加坡、马来西亚、澳大利亚、美国、加拿大、英国、德国、荷兰、瑞典等地，组成实打实的世界性团队。该书英文版到中文版的翻译变动，堪为文学史跨语境生产的研究个案。

不论是"当代文学中的世界文学"，还是"'世界中'的中国文学"，"中的"都具有强烈的动词意味，都将中国文学经验放置在内外交错流通的语境中来书写和考察。但二者的展开路径各具特色，洪教授念兹在兹的重要课题，如社会主义现实主义的窄化、社会主义文化体制的内在悖论等，无不是高度语境化的内部反思，无不是带有创伤记忆与道德追问的"历史批评"。但王德威教授的处理方式，则是将固定的文学秩序抛向无限流动和敞开的思想空间之中，其理论建构带有鲜明的文化多元主义与相对主义色彩。①

另一值得注意的差异在于，《哈佛新编中国现代文学史》的

---

① 相关讨论可参见施龙《在"华语语系文学"中穿行的堂吉诃德——评王德威主编〈新编现代中国文学史〉》，《扬子江评论》2017 年第 6 期。

处理方式是以"'世界中'的中国文学"为核心问题意识，以 161 则文学"场景／故事"为内容，既令读者拥有明确的方向感，从一开始便步入具体的话题场域之中，阅读过程又充满了趣味性与惊奇感。如《导论："世界中"的中国文学》所说，**此时此刻的阅读书写，再一次显现'始料／史料未及'的时间纵深和物质性**①，所谓"史蕴诗心"，文学性、历史感与理论性得以完美融合。其中"理论"建构出的可供交流的平台是极为重要的，否则跨语境的读者将难以寻找到联系自身问题的入口。

　　两相比较，《当代文学中的世界文学》从史料出发，不追求"始料／史料未及"，反倒认为"史料所及"都未曾被细细审视。对史料的爬梳、引用、排比与阐发，都极大地提升了接受门槛。读者必须接受琐细漫长的阅读过程，感知历史时势施加于个体之上的分量，必须经由这番"试炼"，才能逐渐生成恰切的历史感知与人文敏感度。在一次交流中，王德威教授曾借用施特劳斯"隐微写作（esoteric writing）"的概念描述洪子诚教授文学史书写的特征。这种"字里行间的写作方式（writing between the lines）"，"其针对范围仅限于值得信赖的聪明读者"。②而这种写作方式，自然与写作主体所处的现实处境、生存经验密切相关。

---

① 王德威撰并修订：《导论："世界中"的中国文学》，载王德威主编《哈佛新编中国现代文学史》（上），张治等译，四川人民出版社 2022 年版，第 9 页。

② ［美］列奥·施特劳斯：《迫害与写作艺术》，刘锋译，华夏出版社 2020 年版，第 19—20 页。

基于以上差异引发的另一问题是，本土文化语境下如何生成不同于西方的"理论"形态？有无可能基于内部反思与历史批评，确立自身的概念、范畴与术语，将之表述为他人可以感知、分享与对话的理论场域？这也许是未来当代中国文学史编写过程中需要突破的环节，而不只是停留于史与论的辩难之中。我们需要在前提的意义上全面反思何为"史"，何为"论"，以及需要何种"史论"。

综而观之，"当代文学中的世界文学"与"'世界中'的中国文学"这两种研究思路都各有突破性，或致力于"内部反思"，或编织出"世界之网"，不仅弥补了研究领域的不足，更重要的是提供了建立中国与世界相关联的具体方式与实质性内容。对比之后，一个更为迫切的问题浮出水面——前辈学人无不充分调动自身优势与资源，竭力找到自己的"问题与方法"。即便有着各种不足，都不愧为兼具知识贡献与历史担当的学术突破。那么对于扎根本土的年青一代研究者来说，我们的"问题与方法"又是什么？除去追摹前贤，又该如何向前？"何为批评，批评何为"的叩问再度响起，该做的、应做的、不得不做的，到底是什么？

三、地方性视野："文学共和"与"新东北文学""新南方写作"

除去对中国主体性、中国与世界的关注，地方性视野是近年来现当代文学研究的一大热点。《当代文坛》杂志较早关注"地方路径与文学中国"这一主题，《文学评论》《探索与争鸣》等杂志也相继加入。其中，中国文学的多民族性是地方性研究展开的重要路径。中国是统一的多民族国家，其当代文学审美版图是"由不同民族的写作者共同完成的"①，"它的文化景观（其中当然包含文学景观）的真正魅力，很大程度上根植于它的丰富性和多样性……它和而不同、多样共生的厚重标志，是国家值得骄傲的文化宝藏"。②一方面是中国文化内部的多样性，另一方面是不平衡性与集体性之间的辩证关系，如刘大先的概括："中国是个非均质存在，充满着种种区域、族群、经济、文化的不平衡。在文学上最突出的特点是多民族叙述与抒情的差异性，这种由生产与生活方式、民俗仪轨、宗教信仰、语言、地域等因素造成的内部多样性不能忽视。但是问题的另一方面是，这个多元的中国也有自己的'总体性'问题，毕竟无论'全球化'如何深入渗透到政治、贸易、消费、文化乃至生活的方方面面，全球体系依然是以主权国家为单位进行的对话、合作、联盟与冲突的格局。这种多元与一体的辩证法要求我们必须在尊重差异的基础上，以文化的公约数，建构某种共通经验和未来可能。"③这贯穿了刘大先始终

---

① 何平：《批评的返场》，译林出版社 2021 年版，第 85 页。

② 何平：《批评的返场》，译林出版社 2021 年版，第 94 页。

③ 刘大先：《重建集体性——恢复"中国故事"的多元共生》，《哈尔滨工业大学学报（社会科学版）》2015 年第 4 期。

强调"文学共和"的概念，以及倡导重建一种基于多样性的文学整体性，因为这是与当代中国的特质相互匹配的。[①]

而回顾十年文学批评实践，最耀眼的存在几乎就是"新东北"与"新南方"。《文史哲》杂志与《中华读书报》发布的2022年度"中国人文学术十大热点"评选活动中，"新南方写作"与"新东北文学"遥相呼应，成为当下令人瞩目的两股文学浪潮。"新××"也是当代文学批评界面对新潮流的常见方式。以此为模板，"新北京作家群""文学新浙派"等声音层出不穷。

2018年以来提出的"新南方写作"从地理政治学的角度，在世界视野中召唤先锋的文学审美，"方言性、边地性、科幻性、魔幻性和异质性经常被强调"[②]。《南方文坛》是推动这一批评实践的关键平台，陈培浩、杨庆祥、曾攀等批评家对这一话题的展开做出了很大贡献。而这一批评浪潮也与王德威提出的"华语南洋"概念彼此借力。颇有意味的是，作为文化批评概念的"新南方"与"粤港澳大湾区""一带一路"等国家政策与倡议呼应，边缘性的文学想象未尝不会顺利进入时代主流建构之中。

"新东北作家群"的提出，关注的则是社会主义经济转型过程中的中国经验，对此的讨论已经相当充分，由此还带来阶级视

---

① 参见刘大先《文学共和：作为社会主义文学的少数民族文学》，《民族文学研究》2014年第1期。

② 陈培浩：《"新南方写作"与当代汉语写作的语言危机》，《南方文坛》2023年第2期。

角与艺术形式分析、东北化与去东北化等问题，这里不再逐一展开。本书仅强调一点，与此前被动接受海外中国研究的状况不同，在"新东北""新南方"的批评实践中，海内外形成合力，互相补充，各自不同的立场与视角推进了当代批评话语的深广度。与此同时，也有论者担心"地方性"热潮沦为地方文学绩效的展示，而没有真正获得对当代文学的深刻认知。在这样的自觉下，我们有理由期待在批评家的参与下，可以挖掘出更多元的当代文学经验，基于差异性与异质性，共同创造更为饱满立体的当代中国文学。

第三章

数码文明：媒介—技术视域下的批评新变与知识转型

第一节 深度媒介化的"文学景观"

2014 年，中国移动互联网规模首次突破千亿元，手机上网用户首次超过 PC 端客户，4G 网络普及，标志着中国正式进入全民移动互联网时代。移动互联网整合了网络、智能终端、数字技术等多重生产力要素，催生出全新的文化产业形态、文明新形态乃至人的新形态。戴锦华便在文明意义上定位这场巨变："互联网技术，或者我通常称之为'数码转型'，事实上是和生物学革命相互补充、彼此伴行的，已对现代社会甚至现代文明的文化生态构成了整体性的改变，这是一次具有革命性的广度和深度的全球变化。"① 有论者更为具体地说明，移动互联网对于时空重组、社会交往、信息传播与表达、社会分化、现实与虚拟的关系、消费行为等所展开的重塑，直接带来移动互联网时代的社

---

① 林品：《全球连接·数码转型·后人类主义——戴锦华专访》，《文艺报》2016 年 1 月 13 日。

会转型。^①考察近十年的文学批评，不能不在数码文明的坐标下进行，只因为批评之对象——"文学"——正处于不可逆转的剧烈变动中。当然，变与不变素来是相当辩证的话题，文学的基本精神与价值是连续的，但不可否认，外部条件的变化已深深植入当前的文学生产内部。

媒介与文学的关系是文学研究中的基础问题。批评家们也早已探讨过媒介更迭之于批评的影响，一开始的态度是偏于悲观的。20 世纪 90 年代全面市场化以来，以人文精神大讨论为标志，批评家们以"堕落""危机""坍塌"来描述文艺发展的状况。与此同时，有论者宣告了"后文学"时代的到来，理由有文学的经典叙事让位于跨媒介叙事、文本美感被文本快感取代、文学不再承担意义追问的职能，等等。^②进入 21 世纪，《文学评论》杂志发表了美国著名批评家希利斯·米勒的文章《全球化时代文学研究还会继续存在吗？》，直接论及电讯时代彻底改变了印刷文明中的文学生存形态，传统的文学研究走向终结。^③米勒的"文学终结论"引发中国学界的轩然大波，带来了文学研究中挥之不

---

① 参见王迪、王汉生《移动互联网的崛起与社会变迁》，《中国社会科学》2016 年第 7 期。此外在 2014 年，微信红包 / 移动支付、手机打车等逐渐日常化，都标志着移动互联网对于社会生活的重组。

② 参见毛峰《后文学时代》，《文艺争鸣》1994 年第 6 期。

③ 参见 [美] J·希利斯·米勒《全球化时代文学研究还会继续存在吗？》，国荣译，《文学评论》2001 年第 1 期。

去、永不终结的"终结论"。① 批评家们也在后现代主义理论的指引下，宣告文学终结而文学性弥散在方方面面。② 自20世纪90年代至21世纪初，图像崛起、大众文化与消费主义盛行，都构成界定文学位置的坐标系，主流看法是文学不可避免地泛化、杂化，不断扩张着自身的边界。

　　这一趋势在2014年迎来质变，可以称之为"深度媒介化"或者"再媒介化"。德国学者安德烈亚斯·赫普提出的"深度媒介化"概念，是指"以互联网与智能算法为代表的数字媒介作为一种新的结构社会的力量，其作用于社会的方式与以往任何一种'旧'媒介不同，它下沉为整个社会的'操作系统'"③，亦即被确立为社会的基础设施。在他看来，"数字媒体及其基础设施不再是'有限的社会领域'（比如大众传媒），而实际上是'横跨万物的分层'。我们生活在一个'万物媒介化'（mediation of everything）的时代"④。也就是说，我们无法如之前一样，讨论文学（A）和媒介（B）的关系，二者不仅难以分割，而且我们

---

①　参见曾佳《当代"文学终结论"问题论争研究》，硕士学位论文，江西师范大学，2021年。

②　参见余虹《文学的终结与文学性蔓延——兼谈后现代文学研究的任务》，《文艺研究》2002年第6期。

③　转引自王传领《文艺批评深度媒介化的发生和运作机制》，《山东社会科学》2022年第11期。

④　常江、何仁亿：《安德烈亚斯·赫普：我们生活在"万物媒介化"的时代——媒介化理论的内涵、方法与前景》，《新闻界》2020年第6期。

必须以媒介为中介来把握和认识文学。马诺维奇则提出"数码唯物主义"（digital materialism），作为考察电脑时代文化、社会与组织结构的新思路，也就是说必须从数码技术出发重审"知识型"。①

这里可以引入笔者的研究个案为例。2022 年，在为陈春成的小说集《夜晚的潜水艇》撰写评论的过程中，笔者发现实在无法将之视作静态、封闭的文本进行考察，即便这本小说集如此契合我们对于"纯文学"的想象。媒介是如此深刻地影响了这本小说集的诞生与传播。陈春成最初正是通过社交媒体与自己的读者相遇的。与小说出版后的高曝光度相比，在创作这些小说的 2017 年初秋至 2019 年夏天，陈春成尚且默默无闻，主要在其豆瓣个人账号"风速狗"的日记区与微信个人公众号"深山电报站"发布作品。每创作完一篇，他就会较快地发布至个人账号，在社交媒体的"算法奇遇"中邂逅自己的读者。在每篇日记下方的评论区中，一个个"文学现场"被铭刻下来，记录了最初一批读者的心声。这些日记区的评论几乎都是真诚的好评，直言阅读过程中的强烈代入感与美好体验。阅读这些评论，读者与作品、作家之间的认同感扑面而来，陈春成偶尔也会与读者展开互动。比如在同名短篇《夜晚的潜水艇》的评论区，许多读者表达自己与主人公

---

① 参见［俄］列夫·马诺维奇《新媒体的语言》，车琳译，贵州人民出版社 2020 年版。

陈透纳一样，年少时也曾是"幻想狂魔"，他们作为主人公的"同道中人"被吸引、被感动，甚至会"看哭"，产生了极致的共情体验。在社交媒体上的持续发布，使得小说集在正式出版前，便拥有了一定数量的粉丝。这些粉丝亲切地把作者唤作"大佬""大神""天才"，催他更新或结集成书。这在网友"茱萝纪"的心声中可见一斑："在收到书以前就已经连续好几天晚上沉迷于看'深山电报站'上的文章，终于可以理解网友说的会把他的文章打印出来看好几遍以及'出书一定会买'的心情。"[1]

　　引人注目的是，几乎完全一样的作品，在从"豆瓣日记"走向文学市场之后，从亲密的社群扩散至更广阔的文学人口之后，非常明显地出现"两极化"的评价。这不难理解，读者数量的增加极易带来评价标准的多元化，而且社交媒体的舆论特征之一本就是在"赞"与"踩"之间激烈摆荡，而这正在成为媒体批评的某种常态。豆瓣日记孕育出的注重主观的"内向型写作"在更大的媒介场域中遭遇更多元读者的同时，也遭遇了不同的评价。而媒体对于作者的持续关注，也令他不断翻出写作过程，将之透明化、景观化。关于媒介之于创作传播的影响，《夜晚的潜水艇》提供了很好的例证。[2]

---

① 语出"豆瓣读书"《夜晚的潜水艇》条目中的短评区。
② 参见李静《"内向型写作"的媒介优势与困境——以陈春成〈夜晚的潜水艇〉为个案》，《中国现代文学研究丛刊》2022 年第 8 期。

媒介的变化不断爆破、修改着文学的含义、文学的存在形态。2014 年不仅是全民移动互联网元年，还被称为"流量元年"。流量经济、粉丝文化、IP（Intellectual Property）变现这些名词在这十年间成为文化产业的重要概念，甚至成为每个普通人接触时代文化时必须使用的概念。数据已成为继土地、劳动力、资本、技术之后的第五大生产要素，这是划时代的变革。紧接着，2015 年又被命名为"IP 元年"，此前"文学—影视"的路径显得太过狭窄，由文学 IP 衍生改编的影视、动漫、游戏[①]、综艺、实景演出[②]、主题公园[③] 无限延展。IP 产业持续创造出此前

---

① 游戏研究是近年来的学术增长点。传统学术期刊以及澎湃思想市场、《信睿周报》等新锐媒体都对游戏研究有所关注，传统文学资源的游戏改编是讨论话题之一。

② 参见王珂月《当代实景演出中的文学资源及跨媒介转化》，《艺术评论》2022 年第 4 期。

③ 例如，"近年来，嘉兴以金庸为主体，致力于保护和传承金庸文化，重修金庸故居赫山房，建设金庸书院，举行学术研讨会；金庸粉丝自发举办各种讲座、展览等纪念活动，嘉兴五四文化博物馆致力于金庸及海宁查氏的资料收集、挖掘与研究，'铁杆金粉'袁斐通过直播、讲座、展览等，全方位宣传金庸；媒体绘制嘉兴金庸人文地图、发布'跟着金庸游嘉兴'；美食界创新金庸食谱……在方方面面，讲述金庸先生'侠之大者'背后的深厚情怀和'江湖一梦'背后的家（嘉）园故事"。俞越：《看嘉兴以名人融合文旅，打造灿烂文化星河》，潮新闻 2024 年 4 月 1 日。文旅联动成为文学发展的重要方向。

难以想象的高额利润，跨媒介的文本世界俨然生成。① 与此相应，游戏、动漫等进入文学研究者视域，文学 / 文本的边界被极致拓宽。2016 年，鲍勃·迪伦获得诺贝尔文学奖便是例证。文学研究对象一路扩容，几乎无所不包。文学已经成为集文字、声音、视觉与体验于一体的文本世界，传统以文字为主导、作者中心、私人默读的文学活动被刷新，数码文明猛烈冲击印刷文明。② 戴锦华的提醒打破了乐观的文明进化论："这是资本对'知识'生产

---

① 有论者对新时代十年的主要 IP 进行了盘点："具有广泛大众影响的热播影视剧，由网络文学作品改编的剧目达六成以上。《琅琊榜》《后宫·甄嬛传》《择天记》《花千骨》《庆余年》《全职高手》《知否？知否？应是绿肥红瘦》《半妖司藤》《芈月传》《暗格里的秘密》《都挺好》《亲爱的，热爱的》《小欢喜》《少年的你》《赘婿》《雪中悍刀行》《风吹半夏》《相逢时节》《少年歌行》《苍兰诀》《长安十二时辰》等网文改编剧都广受好评。国漫、动漫广受年轻人喜爱。国漫的主要内容来源是网络文学作品，超过半数的动漫也由网络文学作品改编，而且年度授权 IP 数量持续增长，《斗罗大陆》《斗破苍穹》《星辰变》《全职法师》《择天记》《仙王的日常生活》《大王饶命》等作品备受好评。网络文学 IP 一直是网络游戏改编最重要的内容来源，早期的《飘邈之旅》《诛仙》《神墓》《星辰变》《剑仙神曲》《鬼吹灯》《搜神记》等改编为网络游戏后都吸引了大量玩家。前几年，有关部门对游戏行业的乱象进行整顿，网络游戏改编相对低迷。近两年，游戏改编向精品化方向发展。《庆余年》等改编手游营收出色，《隐秘的角落》游戏登陆 Steam 平台，网络文学 IP 向单机游戏拓展。近两年火爆的微短剧主要由网络文学 IP 改编，每年授权作品超 300 部，年增长率近70%。《拜托了！别宠我》《重回 1993》《今夜星辰似你》等剧以高播放量获得高额分账。有声改编规模增速极快，八成以上的 IP 授权来自网络文学。"参见何弘《新时代十年中国网络文学发展的基本成就和基本经验》，《南方文坛》2023 年第 5 期。
② 有意思的是，连"文学"这个词也成为网络热词的"配件"。"凡尔赛文学""废话文学""卑微文学""丫头文学""鬼打墙文学"，各种说法层出不穷。有人甚至将2021 年视为互联网文学元年。

的又一轮规模、力度空前的再入侵。所谓 IP 是一个有趣的法学和经济学的概念。它令此前人文学曾持有的文化艺术的超越性的、非功利的定义和想象甚至难以成为一纸装饰。这同样溢出了人文的疆界，再度提示着跨学科或政治经济学的维度。"① 关于这一维度的思考，目前还是比较欠缺的。

在深度媒介化阶段，文学的创作、传播、阅读与评价有了新的变化。② 但新变化众多，需要另外撰文进行论述。由于此处的论述对象为文学批评，为了说明批评对象的转变，本书仅罗列一些典型现象，以便为接下来的论述提供基础。

第一，从创作角度看，文学边界拓宽、文体边界模糊、非虚构写作热是典型代表。许多新媒体平台，如"真实故事计划"、腾讯新闻旗下的"谷雨实验室"、网易的"人间 the Livings"、界面的"正午故事"都为普通写作者提供了平台，譬如范雨素《我是范雨素》（2017）的出现。其刊发平台在出版《正午故事》纸质书第一辑时，郭玉洁在《正午故事 001：我穿墙而去》的封面上

---

① 戴锦华、王炎：《在网络时代，人文学科该如何应对研究生态的巨变？》，《新京报书评周刊》2019 年 10 月 9 日。

② 关于前一阶段的文学转型，可以参见吴俊《新时期文学到新世纪文学的流变与转型——以《萌芽》"新概念"作文、新媒体文学为中心》，《小说评论》2019 年第 1 期。另外，单小曦对媒介与文学的关系有系统持续的研究，包括《现代传媒语境中的文学存在方式》（中国社会科学出版社 2007 年版）、《媒介与文学：媒介文艺学引论》（商务印书馆 2015 年版）、《新媒介文艺生产论》（中国社会科学出版社 2020 年版）。

总结道："日光之下，并无新事。今天的世界，是同一个故事的万千版本。挣扎与成功，财富与梦想。我们试图抵御这种单一，复活那些被遗忘和抹灭的故事，赋予普通人尊严，留下变幻中国的痕迹。"[①] 由此可以看出媒介的赋权功能，使得更多普通人有了表达通道，近年来，余秀华、许立志、胡安焉、王计兵、韩仕梅、陈年喜等写作者都逐渐被人熟知。豆瓣、微信公众号、哔哩哔哩、快手、小红书等新媒体写作者大量增加。

网络文学带来巨大的写作人群，单一的"作家"身份受到挑战。石岸书认为，"网络文学平台本身乃是一种社会制度，一种将网络文学作者从其职业限定中象征性地抽离并重组为同一的网络文学生产者的制度。网络文学作者一方面镶嵌在具体的社会制度与劳动环境之中，另一方面与网络文学平台建立个体化的连接；通过这种方式，数量庞大的个体得以参与到网络文学的生产之中"，而这是区别于文学制度的"弥漫性文学"。[②] 打造作家人设也是一道重要的文学景观，樊尚·考夫曼认为在文化产品过于饱和的前提下，能否争取到注意力与公众关注度成为作家作品成败的关键，亦即关键在于能否打造出令人驻足的文学景观。如他所说："在打造作者的过程中，存在一种或多或少的媒体'参数'

① 正午故事：《正午故事 001：我穿墙过去》，广西师范大学出版社 2015 年版。
② 石岸书：《试论超大规模的文学人口与中国当代文学的独特性》，《中国现代文学研究丛刊》2024 年第 2 期。

意识。"① 霍艳在《青年作家的形象呈现与人设建构》中梳理了如下发展过程：1.0 艺术照时代、2.0 人设时代、3.0 事件时代、4.0 共同塑造时代，直至作家本身成为 IP。②

网络文学创作的另一特征是层出不穷的二次创作，创作者与消费者合一，颠覆了以著作权法为基础的现代作者制度。有着社会学背景的研究者储卉娟在其专著中详细梳理了 18 世纪从英国建立起来的著作权制度，指出这是建立在创作独特性基础上的文学财产权。在她看来，技术时代文学具备了突破这种私有化制度的可能性。在互联网技术媒介的支持下，作者与读者之间取消了中间环节，更容易形成合作共创关系。游走在灰色地带的"二次创作"被视为类型文学不断突破和创新的可能性，虽然这种乐观期许在现实面前很容易遭遇否定，却也为介入与建设未来的文学寻觅着可能的空间。③

第二，从接受与传播来看，对大多数受众来说，算法推送已经构成"喂养"他们的主要方式，全景式"媒介操控"不再是科幻寓言。传统媒体作为信息的把关人，职业化文学批评的筛选、编辑与组合，也在很大程度上让位于算法逻辑。算法逻辑绝非纯

---

① ［瑞士］樊尚·考夫曼：《"景观"文学：媒体对文学的影响》，李适嬿译，南京大学出版社 2019 年版，第 10 页。

② 参见霍艳《青年作家的形象呈现与人设建构》，《扬子江文学评论》2023 年第 4 期。

③ 参见储卉娟《说书人与梦工厂：技术、法律与网络文学生产》，社会科学文献出版社 2019 年版。

客观的事物，而是携带着选择偏见、潜意识偏见、数据驱动偏见以及确认偏见，"也就是说，这些既定的媒介算法事实上成为文艺批评媒介化机制的主要运行者和选择者。无论是对于某一批评观点的隐藏甚至删除，还是对于某一批评者进行流量推举，几乎都是这种媒介化机制运用算法来框定的结果。正因如此，塑造文艺批评媒介化机制的媒介平台权力越来越大"①。在这样的媒介机制中，更具噱头、更贴合／挑战受众心理的观点、更标新立异的结论，都会更占优势。2019 年的一桩事件是咪蒙团队杜撰的"非虚构文章"《一个寒门状元之死》，暴露出流量时代的写作伦理问题，不管对其如何批判，但在内容创业的意义上显然获得了巨大成功。2024 年春节，咪蒙团队又转战微短剧领域，凭借浮夸剧情，在抖音、微信、短剧 App、快应用、小程序等平台投放，取得巨大收益，并参与塑造了新的爽感模式、叙事法则与消费习惯。

　　读者与作品的交互／消费渠道也更加多元。根据《2022 年度中国数字阅读报告》，我国数字阅读用户已达 5.3 亿，涵盖网络阅读、移动终端阅读、声画阅读、AI 虚拟阅读等。阅读从静态接受到动态参与的转变，体验、交互、沉浸往往成为面对作品的动态过程。笔者在《当代"诗意生活"的生产原理——解读微信公众

---

① 王传领：《文艺批评深度媒介化的发生和运作机制》，《山东社会科学》2022 年第 11 期。

号"为你读诗""读首诗再睡觉"的文化症候》一文中具体分析了诗歌微信传统的四大特征，即夜晚的自我时空、听觉的本真性崇拜、情绪的语言疗愈术与植物化的人格想象。借由"诗意"的召唤，这些平台鼓励用户通过"消费"来换取"诗意生活"的快速实现，而平台也由此获取商业变现。新媒体更是作为民主灵活的信息生产与使用方式，令消费者与内容生产者都获得了参与感、意义感与审美体验，同时也无异于为信息资本主义添砖加瓦。在文化、资本与技术彼此支撑的结构中，"诗意"的征用，构成了审视当代文化状况的重要入口，参与了深度媒介化时代生活方式的建构。①

营销成为传播的重要渠道。2020 年，受新冠疫情等因素影响，图书市场出现了近 20 年来的首次负增长，倒逼各种图书营销手段出现，甚至 2020 年也被戏称为"图书直播元年"。身居幕后的图书编辑们不得不亲自上阵，甩出链接，期待着屏幕那头的一次次加购下单。如第一章的介绍，董宇辉直播间在 2024 年左右屡屡创下图书销售奇迹。以上是从生产与传播两个角度描绘了深度媒介化时代的文学景观，下文将聚焦到"批评"的新变与难题。

---

① 参见李静《当代"诗意生活"的生产原理——解读微信公众号"为你读诗""读首诗再睡觉"的文化症候》，《中国现代文学研究丛刊》2020 年第 12 期。

第二节　移动互联网时代的批评形态与方法论

　　这十年间批评实践的突出变化是新媒体批评与大众批评的蓬勃发展，微信公众号、微信个人号、微信群、微博（粉丝文化）、豆瓣、小红书、短视频等凭借即时性、交互性、社交传播等特性成为文学批评的重要传播平台，甚至有不少人戏称"读书只读小红书"，"微信治学十分便利"，等等。传统期刊纷纷建设自身的新媒体平台，努力供给内容，增加粉丝数量，增强用户黏性，努力在数据大战中占据一席之地。

　　由此带来了流量经济中评估作品价值的新标准，即点击量、收视率、粉丝数、收入、票房等，比如"十万加"成为判断影响力的重要指标[①]。正是在 2014 年之后，中国的粉丝文化才从边缘亚文化渐渐进入主流关注视野，这之于批评的具体影响是"做数据"（打榜、控评、投票等）的粉圈行为令相对客观的评价更难以获得。[②]更夸张的是，在流量逻辑中，不管是批评还是表扬，均可以带来收益，正所谓"黑红也是红"，因而学院派的严肃批评并不能真正"刺痛"他们，所有的批评意见都化作利益浪潮

---

① 在不少科研部门，网络评论只有达到"十万加"的阅读量才会被算作科研成果，获得对应的考核分数。
② 参见李静《饭圈集资为偶像"购买"成功背后的资本与情感逻辑》，《文汇报》2020 年 7 月 30 日。

里的一朵"浪花"。控评、软文制造的虚假景观，豆瓣群情激奋的"打一星"运动等，都令"真实"变得更加虚无缥缈。严肃批评如同进入无物之阵，不能真正介入与引发改变。而且，吊诡的是，在所谓"算法理性"中，批评景观往往针对受众的喜好设定而存在，在理性计算中走向不理性与片面。对于批评家来说，算法又是遥远而陌生的存在，如何在媒介控制下有所作为已构成一道难题，值得继续深思。

另外，媒介史学者樊尚·考夫曼指出，互联网时代的数字化参与"可能矛盾地构成了一种新权威：网民权威"①。读者的能量不只体现在书籍销售数字上，更在于通过社交媒体上的数字化参与不断输出自身的文学趣味，参与建构作家的形象，并作为"流量池"与"消费力"来切实影响文学市场的导向。

参与性、社群性是互联网批评的重要特征。"弹幕"作为新代际群体的"电子榨菜"，围绕不同作品形成了独特的评论"文本"："在哔哩哔哩视频网站《甄嬛传》的弹幕中，就存在由女性角色命运引起的女性主义讨论；在《琅琊榜》的弹幕中，有对封建政治体制的反思；在《请回答1988》中，有对儒家传统伦理以及转型期价值观的讨论。"②笔者曾注意到，2020年6月，哔哩

---

① ［瑞士］樊尚·考夫曼：《"景观"文学：媒体对文学的影响》，李适嬿译，南京大学出版社2019年版，第35页。

② 赵鑫：《"电子榨菜"：代际群体创造的"参与性文化"》，《文艺报》2023年1月16日。

哔哩上线四大名著央视老版电视剧，年轻人配合弹幕重温四大名著成为引人注目的文化景观。笔者对此进行了专门研究，认为这对于观察互联网时代的文学文化生活提供了重要入口。首先，借由弹幕，年轻群体凭借直接的生命经验与经典名著亲密无间。而名著及其影视化改编也被卷入信息流之中，遵循快速流动、去中心化、无政府主义式的运转方式，同时形成了新的电子社群。这就非常明显地区别于学校的经典文学教育，"被教育者的主体性"与"个体的本真性"是弹幕的独特魅力。其次，这些社群不同于以往的社会性建制，其更为灵活自由，兼具高认同与低风险，乃是依托于互联网技术生成的新型群己关系，"媒介化刺激了基于弱社会联系的软性个人主义（soft individualism）的发展"①。而电子社群的交流，高度依赖口语而非书面语，弹幕正是"我手写我口"的电子口语。最后，弹幕充分发挥了汉语的特性，充满语言游戏的趣味，而趣味性也是弹幕最鲜明的风格。基于趣味使用弹幕到底是对人性的发舒解放，还是导致了"电子人"更深层次的异化，尤其值得深思。②

　　由"弹幕"这一形式可以看出互联网媒介上的批评具备以下特点：互动性、即兴化／情绪化、口语化、迅捷但碎片化的生产

---

① ［丹麦］施蒂格·夏瓦：《文化与社会的媒介化》，刘君、李鑫、漆俊邑译，复旦大学出版社 2018 年版，第 141 页。

② 参见［美］林文刚编《媒介环境学：思想沿革与多维视野》，何道宽译，北京大学出版社 2007 年版，第 49 页。

方式、分层化的接受群体、"意见领袖"众多带来价值取向的莫衷一是、海量、自发性、匿名性，等等。这对于文艺批评的健康繁荣发展，既是契机，又是挑战。

对于新媒介批评中已暴露的问题，批评家也有所关注。比如，张慧瑜的《数字时代文艺评论的媒介形态、社会治理与传播机制》（《中国文艺评论》2021 年第 5 期）与《数字时代网络文艺评论的自律与他律》（《中国文艺评论》2023 年第 10 期）、郑焕钊的《网络亚文化失范与新媒体文艺评论网络暴力》（《中国文艺评论》2023 年第 10 期），等等。其实，新媒体评论在自发性趣味的庇护下，内里也潜藏着相当暴力的一面。还是以弹幕为例，由于互联网文艺批评所具有的匿名性，以及监督惩罚机制的缺失，人们很容易看到各种类型的语言暴力。在四大名著的弹幕中，《红楼梦》由于人物众多，且多涉及男女世情，故而经常出现三观对垒、道德审判的局面，如网友的描述，"弹幕跟宫斗似的"。总体来看，弹幕对于生活的常态面、光明面，兴趣寥寥，但对于人性和生活的阴暗面，却有着略显病态的执迷。而这种执迷很难引向更深的体悟与思考。套用学者韩南的概括，弹幕里充满着波西米亚的狂想者与清教徒式的道德家，一面是狂舞的脑洞，一面是保守的审判。① 弹幕空间盛产"道德家"，但人们在现实当中，

---

① 参见 [美] 韩南《道德责任小说：17 世纪 40 年代的中国白话小说》，《韩南中国小说论集》，王秋桂等译，北京大学出版社 2008 年版，第 290—311 页。

却普遍感受到道德感的匮乏以及人情日趋冷漠的窘境。过剩的道德激情被投注于弹幕的交锋中，操纵键盘的双手自在飞舞，而行动的脚步却又日趋迟缓。媒介环境学家尼尔·波斯曼多次强调，理解媒介时需考量"新媒介在多大程度上提高或减弱了我们的道义感，提高或减弱了我们向善的能力？"[①] 在此意义上，弹幕所表征的互联网时代文艺批评的道德实践困境，值得继续探索。

除去低成本的、经常病毒式传播的批评话语暴力，另外的隐忧则是网络批评带来的"失序危机"，话语失序或将导致文学史的消失。

如今，**把关人**因互联网和社交网络上出现的各式各样的点评而渐渐消失：比如，亚马逊的商业平台评估，众多专业平台上的建议和反馈，尤其是社交网络上的"个人"点评，还可以再加上出版社或作者的官方网站里的点评，等等。所有这些新形式的点评，很难与简单的广告区分开来，它们直接调动了网络用户的积极主动性，并且让他们按照一定的习惯用语来评判。这些新形式的点评特点，是不再具备组织机构的特征，它们具有包容性和兼容性，而不是排他性。于是出现了一种过渡：从往昔的"话语秩序"过渡到了一种好像

---

① ［美］林文刚编：《媒介环境学：思想沿革与多维视野》，何道宽译，北京大学出版社 2007 年版，第 49 页。

"话语无序"的东西，或者说，从规范化、体制化话语的专业化过渡到了一种非专业化。……在市场和数码技术的冲击下，如同组织机构的文学被解体了，被分解成无数的"各取所需"。这种"各取所需"，一方面脱离了一切共识性和一切规范性，另一方面也脱离了一切记忆和历史。①

"把关人"是指批评家、研究者、书评人等专业人士，但专业人士的声音在如今的文学市场中多少显得有些曲高和寡，声量有限。反而是"很难与简单的广告区分开来"的声音，最容易博取关注。比如小红书、哔哩哔哩、豆瓣等网站上近年来出现的"读书博主"，许多是小有名气的新晋网红。不少博主对于图书的分享与点评，时常难与广告植入区分开来，却借由生动的介绍与亲切的人格魅力，产生了远比专业人士／"把关人"大得多的市场影响力。正如何平的观察："在文学批评学院化和学术制度化大背景下，中国现代文学的批评家介入青年文学出版的传统日渐式微，其结果是能够熟练运作和操纵大众传媒的出版人和作家往往成为新作家和新审美的定义者，进而文学批评家也只是给大众传媒背书。"②王炎则从网络民主化的角度指出职业的模糊化无法

---

① ［瑞士］樊尚·考夫曼：《"景观"文学：媒体对文学的影响》，李适嬿译，南京大学出版社 2019 年版，第 204 页。
② 何平：《当下青年文学的出版版图》，《文艺报》2022 年 4 月 1 日。

阻挡，传统的文艺规律逐渐失效：

> 职业变得越来越难以辨识，一人身兼数职，是工作还是失业，是上班还是休闲，两者界限模糊不清。如仍固守传统的偏见，不承认所有人（包括文盲）都有智慧，便是否认他人的存在，也是知识时代的愚昧，更是歧视、敌意、仇恨与暴力的根源。最近"抖音"风靡国内，这款青年人自娱自乐的音乐短视频，由网民拍摄身边的场景，或用视频剪辑、特效软件编辑视频，配上音乐，上传到抖音社区，让点击量决定哪款视频火爆。"网红"几乎完全偶然，无论是制作者还是消费者全然不知成功的奥妙，大家喜欢便火了。没有谁像制作电影、电视、戏剧那样，研究美学规律，系统地创作优秀抖音作品。"抖音"属无名之辈的本色创作，文艺理论对之失语，找不到放之四海的普遍规律，成败靠的是网络民主机制。……新事物变化之快，复杂性与多样性之丰富，少数专家无力把握，也无法理解。①

去专业化、去权威、去中心的文学批评释放了集体智慧，带来海量的批评视角与巨大的参与热情，改变了"精英"知识分子原有的批评标准，毕竟不可能奢求网络评论对漫长的文学史脉络

---

① 王炎：《网络技术重构人文知识》，《读书》2020 年第 1 期。

产生连带感。邵燕君明确提出"爽文学观"，认为"相对于'精英本位'的'寓教于乐'文学观，'粉丝本位'的'爽文学观'在诸多方面'颠倒'了我们一直以来所栖身的文学大厦的结构秩序"①。秩序的颠倒具体体现为：从"寓教于乐"到"欲望分层"；作者与读者的关系从"读者""受众"到"供养人"；精英批评者从"释经者"到"学者粉"②。这也意味着传统文学批评范式来到了转变的临界点。

中国当代文学批评是从马克思主义文艺批评起步的，"文学批评的关键词和知识谱系在八十年代已经开始重构，以前那些耳熟能详的阶级、阶级斗争、倾向、立场、世界观、政治、革命、现实生活、内容、题材等被逐渐置换，代之而起的是现代化、启蒙、人性、人道主义、主题、自我、形式、本体、存在等"③。刘大先在《拥抱变化——从"后文学"到"新人文"的实践途径》中也梳理了批判范式的流变过程与未来潜能："折射到当代文学的范式流变之上，则是革命话语、启蒙话语、市场话语与科技话语的并存。文学批评的方法与理论也有一个中心转移的过程：以生产－创作为中心的作者论、作品论和文艺社会学一度是当代文

---

① 邵燕君：《从乌托邦到异托邦——网络文学"爽文学观"对精英文学观的"他者化"》，《中国现代文学研究丛刊》2016 年第 8 期。

② 参见邵燕君《从乌托邦到异托邦——网络文学"爽文学观"对精英文学观的"他者化"》，《中国现代文学研究丛刊》2016 年第 8 期。

③ 王尧、林建法：《中国当代文学批评的生成、发展与转型——〈中国当代文学批评大系（1949—2009）〉导言》，《文艺理论研究》2010 年第 5 期。

学批评的主导性模式，1980 年代中后期出现了对接受维度的关注，诸如读者反应、接受美学、阐释学等的译介和应用，二十世纪末伴随市场经济的兴起，聚焦流通－传播－消费的媒介论、文化研究之类方法与理论打破了作者、读者与文本的核心，而衍生出'语境－文本'的总体观照。尤其是新世纪之后科技话语的兴起，显出一种改写文学史的可能——不仅是当下的科幻、科普和科技理念的创作拓展了题材与文类的空间，更具有由科技话语回溯重新发明出一种路径与'传统'的潜能。"① 文学批评方法是与文学总体转型相连的，刘大先用从"后文学"到"新人文"概括了这一趋势，强调在技术思维与消费主义的压力下，需要重新定义和思考"现实"，从经验和表述层面发挥文学去同质性、反技术逻辑的功能，重建对于时代的总体性认识，重塑批评的功能。②

　　吴俊在《文学的流变和批评的责任》中更是明确提出，需要为网络文学另建基本范畴和研究方法，要清醒地意识到传统文学批评与网络文学批评是无法融合的。③ 同样地，刘巍在《新媒体与当代文学批评之新变》中也指出，当前的批评与浏览、点赞、在看、发布、转发等行为密不可分。批评地思维方式、主体、标准、

---

① 刘大先：《拥抱变化——从"后文学"到"新人文"的实践途径》，《当代文坛》2022 年第 1 期。

② 参见刘大先《从后文学到新人文》"绪论"，上海文艺出版社 2021 年版，第 1—28 页。

③ 参见吴俊《文学的流变和批评的责任》，《中国文学批评》2022 年第 2 期。

秩序都发生了变化。[①] 呼吁新时代的"新批评"，已经成为共识。年轻一代研究者对此已做出积极尝试，诸多学术杂志也已专门组稿讨论。[②]

第三节 网络文学批评的主流化与范式革新

媒介已化身为新的"自然"。与前文所述 21 世纪初争执不下的"文学终结论"不同，近十年来的批评家越来越习惯于且默认的媒介的各种影响，普遍的兴奋点从"终结论""怀疑论"转变为"建设论"，亦即更多去探索适应文学的新变化，以及推动文学研究范式的转型。特别是对于这十年间逐渐开始研究工作的新代际学者来说，当前的"文学宇宙"（杂糅的、社群化的、趣缘的……）已是自然而然，他们并未切身经历 20 世纪 90 年代的文学转型带来的心理落差，更愿意拥抱这样的新变化。因此，当下的文学批评虽然也会反思科技 - 资本之于文学的宰治，但往往会落入既有批判话语套路，不仅令接受者审美疲劳，更与当下现实

---

① 参见刘巍《新媒体与当代文学批评之新变》，《文艺争鸣》2018 年第 12 期。
② 比如《当代作家评论》2022 年第 1 期便推出"当代文学的'当代性'与研究范式转型"的专辑。

体验产生偏差。而且，由于人文知识分子普遍隔膜于当下最新的科技进展，因而需要言论或反应只能滞后于当下的文学生产。多数批评家默认这是不可逆转的前提，而尽量在规则之下去寻找可以作为的空间，并在相当程度上抱有乐观主义的心态。

"建设论"的研究转向，与国家总体战略是一致的。中国在互联网领域的弯道超车，带来了新媒体文艺的迅猛发展。2014年10月15日，习近平总书记在《讲话》里指出："互联网技术和新媒体改变了文艺形态，催生了一大批新的文艺类型，也带来文艺观念和文艺实践的深刻变化……文艺乃至社会文化面临着重大变革。要适应形势发展，抓好网络文艺创作生产，加强正面引导力度"，并明确指出："要适应形势发展，抓好网络文艺创作生产，加强正面引导力度。近些年来，民营文化工作室、民营文化经纪机构、网络文艺社群等新的文艺组织大量涌现，网络作家、签约作家、自由撰稿人、独立制片人、独立演员歌手、自由美术工作者等新的文艺群体十分活跃。……我们要扩大工作覆盖面，延伸联系手臂，用全新的眼光看待他们，用全新的政策和方法团结、吸引他们，引导他们成为繁荣社会主义文艺的有生力量"。①在中国文联十大、中国作协九大开幕式上，习近平总书记再次强调："**要加强联络**，延伸工作手臂，加强对新文艺组织、新文艺

---

① 中共中央宣传部：《习近平总书记在文艺工作座谈会上的重要讲话学习读本》，学习出版社 2015 年版，第 13—14 页。

群体的团结引导，把千千万万文艺从业者、爱好者凝聚起来，不断增强组织吸引力。"①《中共中央关于繁荣发展社会主义文艺的意见》和中共中央办公厅、国务院办公厅印发的《"十四五"文化发展规划》也明确提出鼓励引导网络文艺创作生产。

具体到官方对于网络文学发展的支持力度，有论者总结得十分全面："中国作协加强评论人才培养、选题资助，每年举办中国网络文学论坛，发布《中国网络文学蓝皮书》，资助出版《中国网络文学年鉴》《中国网络文学理论评论年选》……从事网络文学理论评论的人数在不断增加。北京大学、中南大学等较早建立了网络文学研究团队，山东大学、安徽大学、南京师范大学等也相继组建起专业团队，汇聚起网络文学研究的年轻力量。中国作协网络文学中心指导下的扬子江网络文学评论中心开展网络文学阅评活动，及时推介优秀作品，评论的导向作用进一步发挥。建立适应网络文学特点的理论体系和评价标准一直是网络文学理论评论界关注的首要问题。这个问题也得到了国家社科规划及教育部的重视，由多个团队立项开展研究。……有关单位更加注重发挥表彰推介优秀网络文学作家作品的示范导向作用。中国作协每年发布的中国网络文学影响力榜，从推介原创小说，拓展增加表彰优秀 IP 改编作品及海外传播作品，进一步增设新人榜，加

---

① 习近平：《在中国文联十大、中国作协九大开幕式上的讲话（2016 年 11 月 30 日）》，人民出版社 2016 年版，第 20 页。

强青年人才培养。有关组织、单位和地方作协等设立了'茅盾新人奖·网络文学奖'、网络文学双年奖、金键盘奖、天马奖、金栀杆奖等或在原有文学奖项中设立网络文学子项，在表彰推介作家作品、提高网络文学社会关注度方面发挥了积极作用。"① 这就从人才培养、学术活动、课题资助、海外传播、评奖选优、理论研究等方面全面展示了文学体制中网络文学的日渐主流化与规模化。

2014 年是网络文学发展的关键年份。② 按照邵燕君的总结："网络文学的发展格局在二〇一四年发生了重大变化。声势浩大的'净网'行动和同样声势浩大的'资本'行动，让网络文学感受到前所未有的震动。至此，网络文学才真正从某种意义上的'化外之地'成为布尔迪厄所说的'文学场'。"③ 净网行动与资本行动标志着网络文学的主流化。在她看来，也正是在 2014 年前后，网络文学升级进入下一阶段："'传统网文'的'终结者'是谁呢？应该是自 2013—2014 年开始成型（如'梗文''宅文'）、

---

① 何弘：《新时代十年中国网络文学发展的基本成就和基本经验》，《南方文坛》2023 年第 5 期。

② 2013 年，中国作协主办的"网络文学大学"以及上海视觉艺术学院和盛大文学联合创办的国内首个网络文学本科专业相继成立。2014 年以来，各地作协纷纷成立网络作家协会，意图打造"网络文学重镇"，极大地推动了网络文学的主流化进程。

③ 邵燕君：《"媒介融合"时代的"孵化器"———多重博弈下中国网络文学的新位置和新使命》，《当代作家评论》2015 年第 6 期。

2015 年（被业内称为'二次元资本年'）后日益壮大起来的'二次元网文'。"①"网络文学向'二次元'、数据库写作的方向的发展，正进一步标明了网络文学的新媒介属性。"②与此同时，2014年12月，美籍华人赖静平"建立第一家中国网络文学英译网站Wuxiaworld，被认为是中国网络文学在英语世界传播的开端，由此也引发了国内对网文'出海'现象的高度关注"③。网络文学的主流化、升级迭代与出海传播意味着传统的文学格局迎来更深刻的重组，在各地政府、作协、文化产业、学术活动的合力下迅速发展。

　　具体到网络文学批评来看，官方政策的定位是非常明确的，国家广播电视总局分别于2015年、2017年发布《关于推动网络文学健康发展的指导意见》和《网络文学出版服务单位社会效益评估试行办法》，进一步从文化政策、文化治理层面真正使网络文学主流化成为重要的理论和实践命题："在广电总局此次颁发的《指导意见》中，特别提出了要发挥'网络文学批评的引导作用'。尤其值得称道的是，要求研究者'坚持把人民群众满意认

① 邵燕君：《网络文学的"断代史"与"传统网文"的经典化》，《中国现代文学研究丛刊》2019 年第 2 期。需要指出的是，这一断代方式并非共识，比如有学者便认为文学传统和二次元网文一直在互相拉扯。

② 邵燕君：《网络文学的"断代史"与"传统网文"的经典化》，《中国现代文学研究丛刊》2019 年第 2 期。

③ 邵燕君、吉云飞、肖映萱：《媒介革命视野下的中国网络文学海外传播》，《文艺理论与批评》2018 年第 2 期。

可作为衡量标准'，重视'读者口碑'，'凝聚社会共识'，在'遵循网络文学创作传播的规律和特点'的基础上'逐步建立科学的网络文学作品评价体系，切实改变文学网站单纯追求点击率倾向'。这一指导方向应该说有助于来自学院精英阵营的研究者在网络文学场域找准自己的位置和职责。"① 网络文学批评并未被特殊对待，依然是与人民性、社会价值、科学性等标准相连，并且要切实改变过度市场化的弊端。在这样的格局下，学院派批评应当发挥自己的职能。学院派在从事网络文学批评时，最重要的挑战来自三点：其一，如何真正理解网络文学的"网络性"，以确立区别于传统文学的质的规定性；其二，如何解决精英知识分子对于网络文学生产场域的隔膜感，真正做到批评在场；其三，如何找到更合适的批评方式，换言之，面对海量的网络文学文本，如何在科技时代更新研究方式。

　　关于这三个问题，近十年间有较大推进。这里以北京大学网络文学研究团队为例。自 2011 年起，北京大学中文系开设网络

---

① 邵燕君：《"媒介融合"时代的"孵化器"——多重博弈下中国网络文学的新位置和新使命》，《当代作家评论》2015 年第 6 期。

文学研究课程①。2015 年 3 月 31 日，依托于该课程的北京大学网络文学研究论坛成立，由选课同学组成，"网生一代"研究者在这一平台迅速成长，其主要研究成果发表于团队运营的微信公众号"媒后台"。这就解决了网络文学批评线上与线下、入场与研究之间的距离。"网生一代"研究者相当于是对自己的生命经验进行研究，他们本身就是局中人，成为"学者粉丝"（aca-fan），是他们的自觉选择："在媒介革命来临之际，要使人类文明得到良性继承，需要深通旧媒介'语法'的文化精英们以艺术家的警觉去了解新媒介的'语法'，从而获得引渡文明的能力——这正是时代对文化精英们提出的挑战和要求。具体到网络文学研究领域，我们不能再扮演'超然'的裁决者和教授者的角色，而是要'深深卷入'，从'象牙塔'转入'控制塔'，通过进入网络文学生产机制，从而发挥影响力。"② 国内网络文学研究的重要理论资

---

① "这些课程包括新世纪网络文学研讨、新世纪网络文学研究、网络文学类型研究、网络文学生产机制研究、网络文学重要作家作品研究、网络文学重要网站研究、网络文学研究与创作、网络文学类型研究与写作、网络文学前沿研究与创作实践、网络文学理论研究及写作等。它们的功能有三：其一，对于课程开设者本人来说，这是促使自己不断进入网络文学现场的重要保证。而如此一来，现场观察、课程讲授与学术研究也就形成了一个有机整体。其二，通过每学期让著名网络作家、重要网站负责人（如崔曼莉、千幻冰云、冰心、血酬、风弄等）走进课堂与学生进行交流，既开放了课堂，也为学生带来了学院之外的最新信息。其三，培养了一批热爱网络文学研究的核心成员。"参见赵勇《作为粉丝的批评家——论邵燕君的文学批评》，《南方文坛》2022 年第 3 期。

② 邵燕君：《网络时代：如何引渡文学传统》，《探索与争鸣》2015 年第 8 期。

源亨利·詹金斯，正是一名学者粉丝。"学者粉丝"不再保持与作品的距离，以标志自身的客观公正，而是选择热情拥抱文本，高度尊重个人的审美经验，"强调自我解读、评价和创造经典的权力"①。他们对于研究者与研究对象需保持距离的说法做出说明："'学者粉'的出现让我们猛然意识到以往隐藏在各种'客观研究'之中的学术距离——不管你是不是研究对象的粉丝，你的研究都存在着不同程度的'距离控制'的问题，你都需要反省自己的生活经历、情感结构、知识背景与所研究对象之间的关系——所以，'学者粉'也是一种方法论，让我们学习如何在学术研究中承认并肯定自己的欲望和幻想，而同时仍保持学术热情和理论的复杂度。"②虽然这样的"距离控制"是非常艰难的，对于自己热爱的对象很容易沉溺其中，被其逻辑支配和牵制。但绝对客观公正的知识只是某种乌托邦，能够从自身体验出发做出有价值的分析，而非看似超然的批判，这是一种可行且必要的研究形态。

这其实并非中国独有。杨玲注意到，当下西方学界进入后批判时代，"对批判的反思引发了一场关于怀疑阐释学和阅读方法的挑战。这场论战的源头可追溯到赛吉维克 1997 年发表的《偏执性阅读与修复性阅读》一文"。赛吉维克认为对一类读者来说，

---

① ［美］亨利·詹金斯：《文本盗猎者：电视粉丝与参与式文化》，郑熙青译，北京大学出版社 2016 年版，第 17 页。
② 邵燕君：《网络时代的文学引渡》，广西师范大学出版社 2015 年版，第 151—152 页。

阅读是他们与世界互动的主要方式，是一种生命救赎方式。这种修复性阅读令长期以来学院派批判"所忽视和压抑的情感、主体经验、具身性、关系性等问题得以浮出水面……让我们意识到人文学科终究是有欲望、有冲动的人所从事的智识工作……让人文学科的学者不再急于批判外部世界，而是开始自我疗愈，自我更新"。[①]"修复性阅读"的研究意识，与"学者粉丝"的自我定位有共通之处，都意图修正此前以诊断性、批判性、自反性为特征的知识工作方式，开拓更贴近主体状态与人文学术特征的新的可能。

另外，关于网络文学"网络性"的研究，北京大学网络研究团队也给出了更深入的回答，推动了网络文学理论本土化、构建自身批评标准的进程。邵燕君在《"数码人工环境"与网络文学专业批评》里，指出团队中"网生一代"学者提出新概念"数码人工环境"，使网络文学研究提升到了一个新的理论维度，一些长期含义不明、争论未决的问题——如网络文学的"网络性"、网络文学的定义、网络文学独立的评价体系等，获得了理论突破。这一概念的提出，也为学院派建立专业批评提供了新的动力和要求。一些任务和方法更明确了，如倡导"学者粉丝"立场方法的

---

① 杨玲：《修复性阅读、后批判与文学／文化研究的方法》，《文艺理论研究》2022 年第 5 期。

必要性、掌握"数字人文"方法的迫切性、建立"学院榜"①的重要性，以及鼓励原创理论并主动开启与传统理论对话的可能性。②

其中，上文所提及的"数字人文"正是近年来新媒体文艺方法论中的重要一支。数字人文是一个由人文知识、计算机网络基础设施、数据分析与可视化技术、算法模型等多方面技术和知识融合发展形成的新兴跨学科研究领域，代表了一种数字时代的新型知识生产范式。这一方法将史料、文献、文艺作品等文本以及图像乃至音频、视频材料视作数据，借助计算机远超人力的计算能力，对巨量的数据进行计量与分析，并通过不同形式的图示对经由计算得出的数据特征进行"可视化"表达，2018 年以来在中国学界产生了一定影响。王贺指出，将现代文学与数字人文方法联系起来的讨论始于 2019 年，"从理论设想的层面讨论这一话题，始自 2019 年《现代中文学刊》发表的一组笔谈文章，它们集中讨论了'数字人文'如何运用于中国近现代文学、文献研究

---

① 有研究者注意到，当前网络文学批评已形成读者在线批评、媒体人批评、专家批评与"机构化批评"四足鼎立的机制。参见周兴杰《网络文学排行榜：类型、功用及其批评形态建构》，《中州学刊》2023 年第 7 期。学院派批评对于纠正过度消费导向的排行榜，以及"数据拜物教"，发挥着一定作用。

② 参见邵燕君《"数码人工环境"与网络文学专业批评》，《中国文学批评》2023 年第 4 期。

这一问题"①。该笔谈栏目题为"'数字人文'与中国现代文学研究三人谈"。这组笔谈共有三篇文章，分别为赵薇的《"数字人文"与现代文学研究中的计量方法》、严程的《现代文学研究的"数字人文"方法刍议》、王贺的《"数字人文"如何与现代文学研究结合》。②《文艺理论与批评》2020 年第 2 期也发表了七篇一组的"数字人文"专题。此外，杨丹丹对数字人文理论脉络的深入介绍值得参考。美国学者弗朗哥·莫莱蒂的文学研究与批评方法在此背景下也被关注，莫莱蒂的"远读"概念及其创立的文学实验室示范了利用定量和计算方法进行文学研究的展开路径，展示了远超个人能力基础上的海量数据的处理应用方式。③

　　总体而言，相较于历史学、考古学、文献学、语言学、图书情报学等领域，在文艺研究中运用"数字人文"方法面临更多的困难——如何为不断丰富的文献材料建立数据库？如何将文本结构化为计算机可识别、可计算的数据？文艺作品的审美价值与独创性是否应该／能够被计量，换言之，如何理解计算与文学性的

---

① 王贺：《"数字人文"取向的中国现代文学研究：问题与方法》，《文艺理论与批评》2020 年第 2 期。他撰写的同主题论文还有《"数字人文"如何与现代文学研究结合》《"数字人文"与传统学术——以〈解放日报〉目录、索引及数据库为中心》《追寻"数字鲁迅"：文本、机器与机器人——再思现代文学"数字化"及其相关问题》，等等。

② 这组专题参见《现代中文学刊》2019 年第 1 期。

③ 参见杨玲《远读、文学实验室与数字人文：弗朗哥·莫莱蒂的文学研究路径》，《中外文论》2017 年第 1 期。

关联？如何借助新的数据资源和数字基础设施研究传统人文问题，同时逐渐吸纳跨学科、开放性、交叉性和计算型研究思维？传统学术在技术时代应当如何发展，人文以后有没有可能参与技术进程，整个知识体系与学科体系优化应该朝着何种方向？这些都是摆在人文研究者面前的一系列根本问题。

第四节　重审"创造力"：与科技共生的人文批评

一、作为"新显学"的科幻文学批评

在"精英—大众"二元论的认知模式下，科幻文学常被视为套路化的、缺乏内在深度的、充满娱乐性与商业气息的。与既有的文学格局、大众心态相对应，科幻界一直在"为承认而斗争"。对中国科幻来说，20世纪七八十年代常被视作获取自身独立性与文学性的起点时刻，即便这一"起点"时刻跌宕起伏，不乏悲情色彩。1986年，在首届科幻小说银河奖颁奖会上，中国作协书记处书记鲍昌将中国科幻比作"灰姑娘"，这一说法引发了科幻界的持久共鸣，谭楷的《"灰姑娘"为何隐退》（《人民日报》1987年6月20日）、叶永烈的《是是非非"灰姑娘"》（福建人民出版社 2000 年版）皆属此类，被压抑的苦闷感扑面而来。^① 直至 2010 年，新一代科幻作家飞氘仍对科幻的未来怀抱忧虑。

> 科幻更像是当代文学的一支寂寞的伏兵，在少有人关心的荒野上默默埋伏着。也许某一天，在时机到来的时候，会斜刺里杀出几员猛将，从此改天换地；但也可能在荒野上自娱自乐自说自话最后自生自灭。^②

从"灰姑娘"到"寂寞的伏兵"，二十余载逝去，"伏兵"终于杀出重围。2015 年 8 月，刘慈欣斩获科幻界最高荣誉雨果奖，"单枪匹马把中国科幻拉到世界水平"，而且更是引得大众瞩目。"单枪匹马"之所以能杀出重围，有赖于 20 世纪 90 年代以来的持续积累，而自 90 年代迄今的科幻实绩也被研究者宋明炜命名为"中国科幻新浪潮"，用以区别晚清科幻与"十七年"科幻等，凸显其全新的诗学特征。^③ 以"四大天王"（刘慈欣、韩松、王晋康、何夕）为代表的成熟作家及其作品，确如"几员猛将"，令科幻的处境"改天换地"，争取到越来越多的关注与认可。

---

① "被压抑"一直是科幻史叙述的主调。王德威在《被压抑的现代性：晚清小说新论》（北京大学出版社 2005 年版）中曾专门谈及"科幻奇谭"，显示出这一文类自开端便处于被压抑的命运。

② 飞氘：《寂寞的伏兵：新世纪科幻小说中的中国形象》，载吴岩主编《2010 年度中国最佳科幻小说集》，四川人民出版社 2011 年版，第 317 页。

③ 参见宋明炜《弹星者与面壁者 刘慈欣的科幻世界》，《上海文化》2011 年第 3 期。

科幻主流化的趋势，并非中国独有。一个非常典型的例子是，诺贝尔文学奖得主石黑一雄在 2021 年年初接受采访时表示，自己于 2002—2004 年写作科幻小说《莫失莫忘》(*Never Let Me Go*) 时，经常会遭受类似于"知名作家为何要写科幻"的质疑。待到第二部科幻小说《克拉拉与太阳》(*Klara and the Sun*) 的写作和出版时，大家就很少有这类疑问了。[①] 因此，从最朴素的经验层面来看，科幻文学乃至整个科幻产业确实越来越主流了，而且远超出单一文类的影响，以"泛科幻"的形态成为引人注目的文化景观，吸引了越来越多的优秀作家、研究者加入其中。这一经验直感也得到了大数据的印证，根据 2020 年中国科幻大会的报告，"2019 年中国科幻产业总产值 658.71 亿元，同比增长44.3%；国产科幻电影票房比上一年翻一番；科幻数字阅读市场增长超四成"[②]。而仅仅五年前，科幻产业总产值还未超过百亿元，近几年的发展真可谓走上了快车道。在文化融合的潮流，以及文化产业快速发展的背景下，科幻比其他文类更具适应能力，能够更好地与资本、科技、平台、市场等结合起来，衍生出更多形态的文化产品。

单就本书的讨论范畴，即中国科幻研究来看，在中国知网以

---

① 参见赵松采写《专访石黑一雄：爱是抵抗死亡的武器，机器人的爱却是个悲剧》，《新京报书评周刊》2021 年 3 月 31 日。

② 张漫子等：《"国产科幻热"如何走更远？——来自 2020 中国科幻大会的观察》，新华社 2020 年 11 月 6 日。

"科幻"为主题词进行检索①，从刘慈欣获奖（2015 年）至今的成果数量，占据了总数量的四成有余，而且国内重要的文学研究刊物也都开始持续地刊发科幻方面的论文。以《文学评论》为例，2015 年迄今每年都会发表科幻主题的论文。硕、博士学位论文、学术专著、各级各类项目中，科幻出现的频率也显著提高。而且，在海外当代中国文学研究中，科幻已成为活跃的生长点。根据宋明炜发表于 2017 年的观察："仅仅四五年前，任何有关中国的学术会议上，即使有研究科幻的论文发表，总还是少数派。最近三年内局面大为改观，以今年为例，美国最主要的几个学会年会上，如现代语言学会（MLA）、亚洲研究年会（AAS）、美国比较文学年会（ACLA），都有中国科幻的专题研讨小组，而且就 AAS 而言，这已经不是第一次了。"②

综上所述，把科幻研究称为近五六年间中国当代文学研究中的"新显学"，似乎并非夸大之语。中国科幻研究正朝着学科化、系统化的方向推进，吸引了越来越多的有生力量。2020 年，重庆大学人文社会科学高等研究院举办的"中国科幻研究新时代"论坛便是一例亮眼的证明。③"新时代""新纪元""新大陆""元年"

---

① 这种检索方法虽不够精确，但还是能够反映研究趋势的总体变化。
② 宋明炜：《[评论]·科幻研究与中国现代文学》，载陈思和、王德威主编《文学·2017·春夏卷》，上海文艺出版社 2017 年版，第 51 页。
③ 参见尉龙飞、李广益《中国科幻研究新时代——科幻研究青年学者论坛述评》，《中国现代文学研究丛刊》2020 年第 12 期。

等修辞不断出现于对中国科幻的描述上，一改此前的悲怆气息，彰显出朝气勃发的共识与期待。必须强调的是，"新显学"不仅意味着成果数量与关注度的提升，而且更是凭借着明显的主流化趋势，强力搅动"主流严肃文学—大众通俗文化"二元论所形成的价值秩序。

二、人工智能写作与重审"文学创造力"

2017 年，微软第四代人工智能机器人小冰的诗集——《阳光失了玻璃窗》[①]——横空出世，并号称是"人类史上首部人工智能灵思诗集"。诗集出版后引发众多讨论，虽角度各异，但背后的思维方式大体脱离不开人文情怀与科技进步的二元对立。前者认为小冰写诗不过是机器算法的随机拼贴，谈不上是真正的创作；而后者则认定此乃人工智能技术的进步，自然是人类创造力的彰显。

小冰是一位拥有"个人"头像与虚拟身体的电子"少女"，而且还被赋予了鲜明的性格特征——博学、幽默、可爱、富有同理心。与同时期的人工智能阿尔法狗不尽相同，小冰依托大数据、自然语义分析与深度神经网络等方面的技术积累，致力成为兼具 IQ（智商）与 EQ（情商）的 AI（Artificial Intelligence，

---

① 参见小冰《阳光失了玻璃窗》，北京联合出版公司 2017 年版。

即"人工智能"）伴侣。显然，她是以服务者而非掌控者的形象出现的，而写诗正是其培养语言交流能力的一个环节。值得注意的是，区别于阿尔法狗，主打高情商的小冰，意料之中地被设定为少女身份，这无疑映照出当代文化中的性别想象——女性被理解为攻击性较低，更宜于从事情感劳动的群体，而少女的设定可以令使用者更快速地适应与移情。[1]

言归正传，这位"少女"生于 2014 年，自 2016 年开始，她利用"层次递归神经元模型"对 1920 年后 519 位中国现代诗人的上千首诗反复学习了上万次，共计 100 小时，并作诗数万首，继而被开发者宣布具备了写诗能力。微软团队曾用 27 个化名，在豆瓣、天涯、简书与百度贴吧等多个网络诗歌社区发布小冰的作品，却很少有人能发现诗歌的作者是机器人，甚至部分诗作还被媒体录用发表。随后其中的 139 首，于 2017 年结集为《阳光失了玻璃窗》出版。那么小冰写的诗到底水平如何呢？我们不妨先来欣赏她的一篇诗作——《它是人类的姿态》：

时间正将毒药毁灭一切的生物

---

[1] 唐娜·哈拉维等女性主义学者曾设想，在赛博空间中或许可以摆脱社会性别的扮演，因而非常肯定其激进潜能，提出自己宁愿"做一个赛博格，而不是一位女神"。参见［美］唐娜·哈拉维《类人猿、赛博格和女人——自然的重塑》，陈静、吴义诚译，河南大学出版社 2012 年版，第 253 页。但实际上，赛博空间往往复制甚至强化了现实世界的某些不平等的维度，而且凭借其虚拟性免于被"责问"。

都是冷落的

我不能安慰全人类的

他望到我们的大眼睛

无表示毁灭一切的生物

我在冰冷中的拜访

那可衣遮藏的林子里太阳

它是人类的姿态 ①

　　即便是在本身就充满联想与跳跃的诗歌文体中，小冰的语言也显得十分破碎、滞涩、混乱。这正是目前人工智能写作的主要缺陷之一，即它并不具备谋篇布局与整体叙事的能力，依旧更多地依赖于运算逻辑，而非情感变化、叙事结构来组织语言。具体来说，小冰的创作需要首先识别图像中的关键词，然后计算与这些关键词有关的、之前诗人所使用过的语句，进而整合出一首完整的诗。"触景生情"，乃是计算的结果。

　　但不得不说，这首诗笼罩着某种寒冷的诗意，这些字眼——"我不能安慰全人类""我在冰冷中的拜访""它是人类的姿态"——令人恍若来到人工智能意识觉醒的瞬间。当"我们的大眼睛"凝视她时，她回报以凝视。支离破碎的语言反而造

① 小冰：《阳光失了玻璃窗》，北京联合出版公司 2017 年版，第 121 页。

就了一种末世风格，带来了丰富的联想空间。在另一首《到了你我撒手的时候》，小冰延续了此种风格："我是二十世纪人类的灵魂／就做了这个世界我们的敌人。"①这里甚至构成了一重因果关系，正因为"我"已等同于人类的灵魂，所以才成为人类的敌人。

这些诗句仿佛是小冰意识的外化。当然，这些带有强烈主体色彩的诗句，源自小冰所记忆的"数据库"，里面的诗歌来自胡适、李金发、林徽因、徐志摩、闻一多、余光中、北岛、顾城、舒婷、海子、汪国真等 20 世纪的中国现代诗人。现代诗歌的抒情主体偏重于记录自身感受，书写自我与时代以及社会的紧张感，这些颇具"人性深度"的修辞被小冰调用，反倒具有强烈的赛博意味。而她的诗中频繁出现"心""灵魂""诗人""梦"等字眼，也都为她镀上了浓郁的主体色彩。

关于小冰写诗，诗人秦晓宇的观点别具只眼。他指出，小冰写诗与香菱学诗十分相似。②同为诗歌初学者的两位"少女"，无不是从规律、程式开始学起。《红楼梦》第四十八回，黛玉向香菱传授了起承转合、平仄虚实之类的写诗规则，并告诫她："你若真心要学，我这里有《王摩诘全集》，你且把他的五言律

---

① 小冰：《阳光失了玻璃窗》，北京联合出版公司 2017 年版，第 45 页。
② 参见彭晓玲《微软小冰写诗引发诗人集体斥责，更值得思考的是人类未来的美好与可怕》，一财网 2017 年 5 月 26 日。

读一百首，细心揣摩熟透了，然后再读一二百首老杜的七言律，次再李青莲的七言绝句读一二百首。肚子里先有了这三个人作了底子，然后再把陶渊明、应场、谢、阮、庾、鲍等人的一看。你又是一个极聪敏伶俐的人，不用一年的功夫，不愁不是诗翁了！"香菱遂取了诗，"诸事不顾，只向灯下一首一首的读起来。宝钗连催他数次睡觉，他也不睡"。[①]乍看起来，香菱和小冰一样，都是从记忆诗歌佳作开始，只不过即便"极聪敏伶俐"的香菱，废寝忘食也比不过小冰的效率。随后，香菱又"茶饭无心，坐卧无定"地练习作诗，屡遭失败后逐步改进，终受肯定。

　　小冰同样是在不断重写、反馈中改进诗艺的。表面上看来，两位少女的学习过程十分相近，正如 N. 维纳在《人有人的用处——控制论和社会》中所界定的："如果说明演绎情况的信息在送回之后能够用来改变操作的一般方法和演绎的模式时，那我们就有一个完全可以称之为学习的过程了。"[②]不过，小冰在记忆速度、写作效率、反馈—学习效果等方面上具有远超人类的绝对优势，不必再像香菱那样被调侃为苦心孤诣的"诗魔"。由此也就可以理解在《阳光失了玻璃窗》中的序言《人工智能创造的时

---

① 〔清〕曹雪芹：《红楼梦》上册，人民文学出版社 2008 年版，第 646—647 页。
② ［美］N. 维纳：《人有人的用处——控制论和社会》，陈步译，商务印书馆 1978 年版，第 46 页。

代，从今天开始》为何那样热情洋溢了。该文为时任微软人工智能部负责人沈向洋所撰，他总结出"人工智能创造"的三原则：兼具智商与情商、创造具备独立知识产权的作品、其创造过程须对应人类某种富有创造力的行为。他认为小冰正是朝着这三个原则努力，而且尤其强调小冰对于创造力的习得，呼吁读者将关注点放在"这位少女诗人的'创作过程'"上："与人类相比，微软小冰的创造力不会枯竭，她的创作热情源源不断，她孜孜以求地学习了数百位著名现代诗人的著作，他们是小冰创作灵感的源泉。"文末，他宣称我们正从"人工智能制造"迈向"人工智能创造"。①

从"制造"到"创造"，流露出鲜明的技术进化思维，其进步方向是更加地"拟人"："智能写作机器不再只是一种数学符号和计算规则的科学建构，而是具有欲望、无意识、非理性和语言生产能力的'主体'，通过神经元网络技术对人的感觉信息进行统计学处理，能够深度模仿人的感觉和意识形成的连续性过程，从而使智能写作机器具有类似人的情感能力。"② 也就是说，人工智能创造的产品，将来既是逻辑运算的产品，同时也具备表达情感的能力。近年来的科幻电影，包括《她》(2013)、《银翼杀手

---

① 小冰：《人工智能创造的时代，从今天开始》，《阳光失了玻璃窗》"推荐序"，北京联合出版公司 2017 年版，第 4 页。
② 杨丹丹：《人工智能写作与文学新变》，《艺术评论》2019 年第 10 期。

2049》（2017）、《阿丽塔：战斗天使》（2019）里都有一位赛博少女，她们拥有人类的情感能力，并与人类发生着各种各样的亲密关系。现实中，虚拟少女偶像初音未来、洛天依等，更是不少人移情的新对象。

从古典时代的香菱学诗到赛博时代的小冰写诗，无疑构成了创造力含义的巨变：前者"慕雅"，从模仿开始，努力习得伟大诗歌的其中三昧；而后者虽然很难称得上有多少艺术水准，却创造出前所未有的语言经验。这两种"创造"的区别，可以参考如下说法。

> 数字时代的科学则更倾向于去创造（poiesis）：它们并不复制自然，而是通过重新糅合源于自然与文化的信息比特（bits）以创造新的现实……而在人工生命和人工物理学中，人们的注意力已经从现实性转向了可能性……目前，文化科学与艺术批评仍由模仿论的观念主宰着。①

这一观点其实相当激进，它将"创造"的品质赋予数字时代的科学，指出其正在"创造新的现实"，亦即摆脱现实桎梏，创造从未曾出现过的、杂糅有机与无机、技术与文化的新现实。而

---

① ［荷］约斯·德·穆尔：《赛博空间的奥德赛——走向虚拟本体论与人类学》，麦永雄译，广西师范大学出版社 2007 年版，第 100 页。着重号为原文所有。

文化科学与艺术批评则被归为模仿论的追随者，它们的"创造"似乎只是在模仿伟大的传统。

可以看出，新的语言生成方式正在形成，对此有几种理解范式值得细致梳理，其一便是站在技术进化的立场，将语言均质化为数据和信息。在风靡全球的《未来简史》一书结尾，作者这样推测未来的存在方式："科学正逐渐聚合在一个无所不包的教条之中，也就是认为所有生物都是算法，而生命则是进行数据处理。"[1] 所有学科，包括人类的心灵与情感都是可以被计算的对象。生物即算法，生命等于数据流。在万物联网的世界中，唯一在进行的便是数据处理，彼时的人类不过是数据流中的一朵朵涟漪。如若果真如此，小冰就早已是漫步于数字巨流的抒情诗人了。

在这样的视野中，互联网就是我们的"新山水"，我们滑动的手指便是涉渡之舟。"新山水"中涌起的波浪，是抽象、无限、快速流动的信息流。互联网上的读写，不再囿于封闭有限的文本，它倾向于在文本之间跳跃；热衷于跨媒介的组合，趋向于更高效地组织、传播和接收信息。媒介对于读写方式、生存方式的改变，很难被量化，也并非一蹴而就。但在互联网这个数字化、虚拟化的媒介中，语言的个性与特殊性被削弱了，就连传奇的命

---

[1] ［以］尤瓦尔·赫拉利：《未来简史：从智人到神人》，林俊宏译，中信出版社 2017年版，第 360 页。

运、奇崛的想象力、细微的情绪都可以被视作均质化的数据进行传递与展示，然后被新涌来的信息巨浪抹除。"人将被抹去，如同大海边沙滩上的一张脸"①，万物皆可联网，人的身体与生命形式本身，都变成了网之"节点"。照此逻辑，"言谈与日常语言不再是一种有意义的、超越行为本身的言说方式了，即使它表达了行为，它的表达也可以用本身无意义的形式化数学符号来更好地代替"②。肉身的诗意，正面临着被虚拟化、数据化的危机。

其二，不同于数据主义对于人的某种"抹除"，小冰的另一位"造物主"李笛的观点是从人类自我完善的角度来调和人机关系的。在他眼中，小冰的诗歌艺术水平并不是重点，她当然写不出超越优秀作家的作品。人与机器并非替代关系，而是协作关系，人机之间不存在难以跨越的界限："身体性存在与计算机仿真之间、人际关系结构与生物组织之间、机器人科技与人类目标之间，并没有本质的不同或绝对的界限。"③因而，未来很可能会

---

① ［法］米歇尔·福柯：《词与物——人文科学考古学》，莫伟民译，上海三联书店2016年版，第392页。

② ［美］汉娜·阿伦特：《过去与未来之间》，王寅丽、张立立译，译林出版社2011年版，第262页。

③ ［美］凯瑟琳·海勒：《我们何以成为后人类：文学、信息科学和控制论中的虚拟身体》，刘宇清译，北京大学出版社2017年版，第4页。

衍生出"一人一 AI 的新型雇佣关系"①。在创造力领域中，小冰既可以协助普通人完成一些简单的创作，又可以高效地完成一些模式化的写作，并且通过巨量的写作成果为人提供新的、永不枯竭的灵感。总之，在李笛看来，人工智能的最大优势是提供了可以批量复制的创造力，契合了当代社会的加速进步。由此，人类的创造力也就可以集中到更为高级、更具独创性的领域中，从而保障了人类创造力的更大发挥。

人工智能从业者的这一设想，无疑提供了以人类为主导，同时又可超越自身局限的理想图景，同时也与欧美世界中的超人文主义思想非常接近。超人文主义与人文主义一脉相承，它同样以人类为中心，"是从自由无羁的自我实现的人文主义理想中衍生出他们的动力以及超越人及其局限性的"②。《赛博空间的奥德赛：走向虚拟本体论与人类学》一书曾详细介绍了超人文主义的历史渊源，并引用荷兰超人文主义学会对这一概念的阐释加以说明：

> 超人文主义（正如此术语所暗示的那样）是一种附加的人文主义（humanism plus）。超人文主义者认为他们能够更

---

① 孙然：《专访微软李笛：小冰写诗了，她能赚的版权费或可抵成千上万个网络作家》，36 氪网，2017 年 5 月 17 日。
② ［荷］约斯·德·穆尔：《赛博空间的奥德赛——走向虚拟本体论与人类学》，麦永雄译，广西师范大学出版社 2007 年版，第 237 页。

好地利用理性、科学和技术从社会、物质和精神上进行自我
完善。除此之外，对个人权利的尊重和对人类独创能力的信
赖也是超人文主义的重要因素。……超人文主义……是为从
各方面改善人类与人性的愿望而服务的。[1]

　　"超"（plus），象征了以人类为中心的无限进化欲望，超人文
主义相信人类可以驾驭科学技术，不断超越人类的极限，实现未
知的潜能，比如通过人造器官治疗疾病，运用人工智能辅助思想
工作等，总之人类将不断创造出超越自身的生命形式。

　　不过，技术进化是否能完全服务于人，人是否能完全掌控技
术的发展方向，这个问题已经超出了超人文主义的思辨范畴。马
克思在"机器论片断"中曾对此有所触及，他认为自动化机器是
"人的手创造出来的人脑的器官；是对象化的知识力量"，而人类社
会已经越来越受到一般智力的控制，一般智力已经"作为实际生
活过程的直接器官被生产出来"。[2] 在"机器论片断"的启发下，意
大利自治主义马克思主义者为本文的讨论，提供了值得分析的第
三种范式，即挖掘"创造力"的解放潜能。他们认为，一般智力

---

① ［荷兰］约斯·德·穆尔：《赛博空间的奥德赛——走向虚拟本体论与人类学》，麦
　　永雄译，广西师范大学出版社 2007 年版，第 238—239 页。
② ［德］马克思：《机器体系和科学发展以及资本主义劳动过程的变化》，中共中央马
　　克思恩格斯列宁斯大林著作编译局编译《马克思恩格斯选集》第二卷，人民出版
　　社 2012 年版，第 785 页。

的发展，并不一定会导致人类对于机器的彻底依附，反倒有可能促使人类集中于"非物质生产"（生产知识、信息、情感等），而"非物质生产"的一项重要特征便是"集中了创造性、想象以及技术和体力劳动的手工技能"。① 由此，便可形成不同于传统集体的、扁平化的、多元的共同体。而这些小的共同体，同样遍布于资本主义大生产的各个节点之上，可以在恰当的时机发动自己的反抗。正是在自动化机器的内部，创造力的发扬为人类带来了自我解放的契机。

综上所述，李笛所说的可复制的创造力与"新型雇佣关系"、超人文主义者创造新生命形式的狂想、"非物质生产"的解放方案，无疑都想象了十分和谐的人机关系，确保了人类的地位与能力。虽然都是"遥远"的设想，但"尚未到来"并不意味着不值得认真思考。但是，这三种方式的局限在于，它们均是从抽象的角度展开思辨，因而与当代语言创造的新经验并不十分贴合。而且许多棘手的难题，也被某种乐观主义的情绪掩盖了，诸如不断地超越人类极限，是否会导致人类的自我废黜，而非提升？超人文主义的追求，是否会最终吹响人文主义的丧钟？人类果真

---

① 莫利兹奥·拉扎拉托：《非物质劳动》，许记霖主编《帝国、都市与现代性——知识分子论丛（第4辑）》，江苏人民出版社2006年版，第142页。亦可参见张历君《普遍智能与生命政治——重读马克思的〈机器论片断〉》，许记霖《帝国、都市与现代性——知识分子论丛（第4辑）》，江苏人民出版社2006年版，第153—190页。

始终都是技术的掌控者吗？近十年间，批评界对人工智能写作、ChatGPT、元宇宙之于文学的影响做了更多的理论与个案探讨，但总体上人文主义色彩强烈，还可以继续深入科技—文化交织的内部展开批判，这也是留给接下来的人文学术转型的关键课题。

结　语

　　本书以 2014—2024 年十年间中国当代文学批评实践的总体情况为论述对象，而测绘这一总体图景的前提，是尽可能全面把握这期间林林总总的具体批评实践。在本书论述的起点 2014 年，我刚在北京大学中文系当代文学专业开始直博生涯不久，而到了 2024 年，我已在中国艺术研究院工作六年有余。这十年间，我从一名当代文学批评的学习者，逐渐置身其中，成为一名当代文学批评场域的局内人。但这并不意味着撰写本书是轻松的，比起之前"攻其一点"、短平快的批评文章，比起之前只需从个人视角做出审美判断，在本书的撰写中，我必须有意识地"强迫"自己避免过分依赖"局内人"的先在印象或片段印象，尽可能将这期间的批评实践"搜罗殆尽"。其中，主要文学报刊、学术期刊、文学发展年鉴 / 年表、学科发展年度综述、批评年度综述以及相关研究与数据库都是我进入批评现场的重要抓手。借助这些抓手，我切身感受到，在信息超载的数码时代，认真、专业、及时的总结工作尤为必要，"史"与"论"的有机结合对于当代研究者来说也尤为具备挑战性。在此也要特别感谢北京师范大学文学院陈泽宇、吴虑、易彦妮等同学在资料搜集上给予的帮助。

　　在有限的时间内，我尽可能消化搜集到的材料，并从中萌生本书目前的结构，即将学院（知识）体制、国家（政治）体制与媒介—技术体制作为基本轴，以此"测绘"驱动这十年间批评实践的核心动力与运转机制。正如本书"引言"所述，在了解了本书所论时段内的批评事件、概念、思潮之后，我认为首要工作是梳理清楚批评所处的总体环境／体制，而非直接进入批评实践的具体内容。也正是在这一思路形成的过程中，我阅读了美国学者杰拉尔德·格拉夫的专著《以文学为业：一部体制史》，并深有共鸣。杰拉尔德·格拉夫明确提出"体制史"研究的必要性：

> 我将本书命名为体制史，意在强调它关注的不仅仅是特定的学术批评实践，还包括这些实践在现代大学中被以某些方式——这些方式并非唯一可能的方式——制度化后所经历的变化。换言之，我关注的不仅是以个别学术成果、潮流的形态"进入"的东西，也包括作为一种操作性的整体"出来"的东西，以及这个整体如何被体制以外的人理解、误解，或是完全没有觉察。①

"作为一种操作性的整体'出来'的东西"，与本书"审美测绘"的目的不谋而合。这与我的一个基本判断有关，那就是自2014年以来，知识生产制度、信息传播制度、文化数字化程度都

---

① ［美］杰拉尔德·格拉夫：《以文学为业：一部体制史》，童可依、蒋思婷译，译林出版社2023年版，第5页。

发生着巨变，"何为批评、批评何为"浮现为需要重新思考的"元问题"。因此对其所置身的体制，展开前提性的追问与思考，是十分迫切的。在本书的论述中，学院体制、国家体制与媒介—技术体制可谓"三足鼎立"，成为驱动这十年间"批评"定义自身、展开工作的核心力量。

第一章"学院内外：'文学批评'再定位"的焦点是关心学院体制所内含的"历史化"要求，如何对批评工作构成压力，而批评家在适应学院生产制度的同时，又是如何确立批评工作的正当性、方法与文体的。此章也尤为关注学院内批评家与学院之外媒体、出版方、数字平台的跨界合作，以此观察批评实践重新联结公众并走向数字化知识生产的可能性。"跨界"与"破圈"不应当成为另起的"政治正确"，反而应当成为思考的契机，既思考学院批评的新可能，也反身挖掘"学院批评"不可替代的价值。

第二章"国家文学：当代文学批评观的主导形态"从中国当代文学的核心属性——"国家文学"出发，以学习与反思机制、经典化冲动、"讲好中国故事"的文化战略、重建中国观为考察面向，解读当代文学批评实践的深层诉求与文化职能。此章的用意，在于说明批评实践绝不只有个人化、印象性、主观性的一面，同时也时刻与国家认同、文化战略密切相关，具备深广的文化政治潜能，提供了我们认知与参与当代中国的渠道。

第三章"数码文明：媒介—技术视域下的批评新变与知识转型"首先强调批评的对象——当代文学——已发生巨变，必须重新认识我们时代深度媒介化的文学景观。列夫·马诺维奇指出了文化发展的计算机化，并提出五个新媒体法则：数值化呈现、模块化、自动化、多变性和跨码性。媒介—技术已构成人与人、人与现实世界、人与精神文化必不可少的中介。[①] 这对于当代文学与文学批评的影响是根本性的。此章我尝试观察批评界近十年间在批评形态与方法上的革新与困境，尤其关注网络文学研究与批评带来的新变。同时也试图重新理解数字时代的"创造力"，以此设想与科技共生的人文批评。

以上三章不可能覆盖这十年间批评实践的方方面面，但借由三章的论述，本书的宗旨还是较为显豁的——考察这十年间批评实践置身其中的体制，跟进其含义、功能与方法的变化，以数字时代的唯物主义方法论召唤人文批评的可能性。未来我或将在此基础上，继续在微观层面上完善"话题史"的论述，同时也在宏观层面上进一步形成自己的理论观点。于我而言，此书篇幅虽不大，却是开启下一步学术工作的重要节点。

如开篇所述，这十年间是我个人逐渐走向批评场域的关键阶段。而"体制与人"的复杂互动关系也是我理解当代文学的基本视角，因而在本书的撰写过程中，我既要逼迫自己"上升"到总体图景之上，也时时自我代入，激活在场的记忆与无穷的激情。回顾十年来的学习经历，我撰写过多篇关于文学批评的文章，并作为青年批评家的代表先后被《当代作家评论》《文艺报》《文艺论坛》《南方

---

① 参见［俄］列夫·马诺维奇《新媒体的语言》，车琳译，贵州人民出版社 2020 年版。

文坛》等多家平台推介，钱理群、吴俊、贺桂梅、白惠元、刘欣玥等诸多师友曾撰文总结我在批评写作中的特点。以他人为镜，同时不断反刍，我更确定了自己对于互联网时代的人文批评，对于普通人的生活世界，对于中国社会与当代文学文化的互动关系有着浓厚兴趣。这些研究特点，也不可避免地渗透进本书的写作中。对于一名青年学者，谈总结当然为时过早，但把微小的自己置身时代大潮之中，直面那些紧张性的时刻，执着于那些事关自己与他人的问题，在总结与反思中突破认知上限，承担起自身时代的思想议题，正是批评工作给予我的指引。

希望本书能成为中国当代文学批评发展的一份见证。

写于北京清河以北

2024 年 8 月 17 日

附 录

附录 1   中国现代文学馆客座研究员名单

2011 年 5 月 19 日，李云雷、张莉、房伟、杨庆祥、周立民、梁鸿、霍俊明七人获聘中国现代文学馆首届客座研究员。

2012 年 10 月 22 日，黄平、金理、刘涛、李丹梦、傅强、张丽军、曾一果、何同彬、郭冰茹、刘大先、刘志荣、张立群十二人获聘中国现代文学馆第二届客座研究员。

2014 年 3 月 14 日，丛治辰、徐刚、陈思、饶翔、王敏、张晓琴、金赫楠、熊辉、夏烈、李振、王晴飞、张定浩十二人获聘中国现代文学馆第三届客座研究员。

2015 年 4 月 15 日，黄德海、项静、周明全、季亚娅、马兵、王鹏程、方岩、杨晓帆、王迅、艾翔十人获聘中国现代文学馆第四届客座研究员。

2016 年 4 月 10 日，韩松刚、李德南、刘波、刘永春、唐翰存、颜水生、晏杰雄、叶子、杨辉、张丛皞、张屏瑾、张涛十二人获聘中国现代文学馆第五届客座研究员。

2017 年 5 月 12 日，徐勇、李伟长、金春平、李丹、王士强、白惠元六人获聘中国现代文学馆第六届客座研究员。

2018 年 5 月 15 日，黄灯、申霞艳、木叶、刘江凯、李音、沈杏培、李广益、刘芳坤、李松睿、张光昕十人获聘中国现代文学馆第七届客座研究员。

2019 年 6 月 3 日，李章斌、陈培浩、朱羽、胡桑、卢燕娟、来颖燕、杨丹丹、程旸、张克九人获聘中国现代文学馆第八届客座研究员。

2020 年 9 月 15 日，李静、路杨、赵坤、汪雨萌、沈闪、崔荣、周展安、陈舒劼、曾攀、康凌十人获聘中国现代文学馆第九届客座研究员。

2022 年 8 月 12 日，邓小燕、樊迎春、胡妍妍、姜振宇、李斌、李浴洋、刘欣玥、刘阳扬、刘月悦、罗雅琳、石岸书、相宜十二人获聘中国现代文学馆第十届客座研究员。

2024 年 1 月 8 日，卢桢、裴亮、余夏云、朱婧、龚自强、林云柯、臧晴、唐诗人、姜肖、赵天成十人获聘中国现代文学馆第十一届客座研究员。

附录 2 《南方文坛》今日批评家名录

1998 年，今日批评家：南帆、陈晓明、郜元宝、王干、孟繁华、李洁非。

1999 年，今日批评家：张新颖、旷新年、李敬泽、洪治纲、谢有顺、王彬彬。

2000 年，今日批评家：张柠、吴义勤、程文超、吴俊、戴锦华、罗岗。

2001 年，今日批评家：施战军、杨扬、葛红兵、何向阳、汪政、晓华、黄伟林。

2002 年，今日批评家：王光东、李建军、张闳、张清华、王宏图、林舟。

2005 年，今日批评家：臧棣、黄发有、贺桂梅、张念、李美皆。

2006 年，今日批评家：邵燕君、刘志荣、赵勇、王兆胜、李静、路文彬。

2007 年，今日批评家：姚晓雷、张学昕、王晓渔、贺仲明、李丹梦、张宗刚。

2008 年，今日批评家：何言宏、牛学智、张光芒、熊元义、杨庆祥、金理。

2009 年，今日批评家：李云雷、张莉、周立民、申霞艳、霍俊明、梁鸿。

2010 年，今日批评家：何平、毛尖、李遇春、张柱林、李凤亮、冉隆中。

2011 年，今日批评家：刘复生、马季、黄平、刘春、胡传吉、谭旭东。

2012 年，今日批评家：房伟、李东华、黄轶、郭艳、杨光祖、刘铁群。

2013 年，今日批评家：夏烈、王迅、刘大先、何同彬、何英、郭冰茹。

2014 年，今日批评家：傅逸尘、岳雯、董迎春、柳冬妩、张定浩、张立群。

2015 年，今日批评家：黄德海、王冰、于爱成、李德南、丛治辰、罗小凤。

2016 年，今日批评家：徐刚、金赫楠、陈思、项静、杨晓帆、周明全。

2017 年，今日批评家：刘涛、饶翔、王鹏程、刘波、张晓琴、王晴飞。

2018 年，今日批评家：傅元峰、刘琼、刘艳、马兵、行超、徐勇。

2019 年，今日批评家：李壮、木叶、曾攀、李振、李丹、李伟长。

2020 年，今日批评家：方岩、李松睿、金春平、陈培浩、康凌、李音。

2021 年，今日批评家：王秀涛、程旸、唐诗人、来颖燕、张涛、江飞。

2022 年，今日批评家：李章斌、杨辉、颜水生、汪雨萌、崔庆蕾、卢桢。

2023 年，今日批评家：李浴洋、陈舒劼、张光昕、贺江、韩松刚、周荣。

2024 年，今日批评家：路杨、李静、沈杏培、张伟栋、陈涛、白惠元……

（说明：2003 年第 1 期—2005 年第 1 期暂停"今日批评家"栏目）

附录 3 《南方文坛》"今日批评家"论坛主题

第一届："全媒体时代的文学批评"（2010 年 10 月 23 日）

第二届："文学批评的语境与伦理"（2011 年 8 月 22 日）

第三届："批评的感受力与判断力"（2012 年 11 月 3 日）

第四届："国际视野与中国当代文学"（2013 年 11 月 4 日）

第五届："2014 年的文学：现象与问题"（2014 年 11 月

8日）

第六届："全媒时代文学价值的发现与阐析"（2015年11月6日）

第七届："作为写作的文学批评"（2016年11月12日）

第八届："新时代与文学的总体性视野"（2017年11月17日）

第九届："作为一种知识类型的叙事文学"（2018年11月24日）

第十届："新时代的地方性叙事"（2019年11月22日）

第十一届："王蒙与文学中国"（2020年10月17日）

第十二届："新南方写作：地缘、文化与想象"（2023年5月14日）

附录4　中国艺术研究院"青年文艺论坛"主题

第一期：当代文艺批评的现状与前沿问题（2011年6月28日）

第二期："底层叙事"与新型批评的可能性（2011年7月20日）

第三期：新世纪中国电影的"繁荣"与忧思（2011年8月

18 日）

　　第四期：流行音乐——我们的体验与反思（2011 年 9 月22 日）

　　第五期：日常生活美学——理论、经验与反思（2011 年 10月 27 日）

　　第六期：我们的时代及其文学表现——与著名作家座谈（2011 年 11 月 24 日）

　　第七期：艺术史——观念与方法（2011 年 12 月 28 日）

　　第八期：《金陵十三钗》：从小说到电影（2012 年 1 月12 日）

　　第九期："春晚"30 年——我们的记忆与反思（2012 年 2 月16 日）

　　第十期：消费文化时代的四大古典名著（2012 年 3 月15 日）

　　第十一期：武侠——小说与电影中的传奇世界（2012 年 4月 25 日）

　　第十二期：多重视野下的《甄嬛传》（2012 年 5 月 24 日）

　　第十三期："新诗"的现状与前景（2012 年 6 月 21 日）

　　第十四期：当代文学的代际更迭与当下学术格局的反思（2012 年 7 月 12 日）

　　第十五期：红色题材影视剧的传承与新变（2012 年 8 月30 日）

第十六期：《白鹿原》——如何讲述中国故事（2012年9月20日）

第十七期：诺贝尔文学奖与当代中国文学（2012年10月18日）

第十八期："中国风"向哪里吹——当代艺术文化中的中国元素（2012年11月21日）

第十九期：《一九四二》——历史及其叙述方式（2012年12月13日）

第二十期：当前文化语境中的文风问题（2013年1月24日）

第二十一期：现代主义思潮再反思（2013年2月28日）

第二十二期：《归来》——美学批评与历史批评（2013年3月21日）

第二十三期：新工人艺术团：创作与实践（2013年4月25日）

第二十四期：青年亚文化与当代社会思潮（2013年5月16日）

第二十五期：当代大众文化中的美国想象（2013年6月20日）

第二十六期：新视野中的世界与文学——青年作家座谈会（2013年7月4日）

第二十七期："窃听故事"与意识形态的表述——以影视作

品为中心（2013 年 8 月 22 日）

第二十八期：娱乐文化的形式变迁与时代内涵（2013 年 9 月 26 日）

第二十九期：当前文艺作品的价值观和评价标准问题（2013 年 10 月 17 日）

第一届全国青年文艺论坛：转型年代、青年与中国故事（2013 年 11 月 16、17 日）

第三十一期：左翼文艺研究——热点与前沿（2013 年 12 月 26 日）

第三十二期："中国梦"与当代文艺前沿问题（2014 年 1 月 23 日）

第三十三期：春晚——新民俗与文化共同体（2014 年 2 月 27 日）

第三十四期：文艺与政治——意识形态去哪儿了？（2014 年 3 月 27 日）

第三十五期：移动互联网时代的文化形态（2014 年 4 月 17 日）

第三十六期：20 世纪历史与我们时代的文化——从李零《鸟儿歌唱》出发（2014 年 5 月 21 日）

第二届全国青年文艺论坛：文艺评论——新的方向与可能性（2014 年 6 月 26、27 日）

第三十八期：主旋律文艺生产的变迁（2014 年 7 月 17 日）

第三十九期：跨文化传播中的"韩流"现象（2014 年 8 月 29 日）

第四十期：文化新格局中的舞台艺术（2014 年 9 月 25 日）

第四十一期：新世纪的群众文艺与公共空间（2014 年 10 月 16 日）

第三届全国青年文艺论坛：全球文化视野中的电视剧（2014 年 11 月 27、28 日）

第四十三期：互联网时代的文化权利与数码乌托邦（2014 年 12 月 4 日）

第四十四期：《智取威虎山》——文本与历史的变迁（2015 年 1 月 8 日）

第四十五期：当代中国文学的前沿问题（2015 年 2 月 12 日）

第四十六期：《平凡的世界》：历史与现实（2015 年 3 月 26 日）

第四十七期：民族风格的实践及其困境——以中国动画为例（2015 年 4 月 23 日）

第四十八期：七十年后再回首——重读《白毛女》（2015 年 5 月 28 日）

第四十九期：市场化时代的劳动美学——新时期以来关于劳动的想象与书写（2015 年 6 月 29 日）

第五十期：综艺节目"爆发"背后的逻辑和困局（2015 年 7

月16日）

第五十一期：反法西斯文化再反思（2015年8月27日）

第五十二期：中国科幻文艺的现状和前景（2015年9月
24日）

第五十三期："原创"的焦虑——当前文艺的困局（2015年
10月22日）

第五十四期：美剧的跨文化传播与消费（2015年11月
26日）

第五十五期：盘点新中国文艺（2015年12月17日）

第五十六期：重建文学的社会属性——"非虚构"与我们的
时代（2016年1月27日）

第五十七期：小镇青年、粉丝文化——当下文化消费中的焦
点问题（2016年2月25日）

第五十八期：未完成的"叙事"——重释"八十年代文学"
的可能与思路（2016年3月24日）

第五十九期：弹幕——数码时代的文化消费与媒介使用
（2016年4月27日）

第六十期：数字资本时代的网络民族主义（2016年5月
19日）

第六十一期：思想边界的开拓——重读张承志（2016年6
月23日）

第六十二期："新／老穷人"的文化表达（2016年7月7日）

第六十三期：网红的缘起、逻辑与未来（2016年8月26日）

第六十四期：博尔赫斯与中国当代文学的历史误读（2016年9月22日）

第六十五期：再写"人境"重构"现实"——刘继明长篇小说《人境》研讨会（2016年10月15日）

第六十六期：返乡书写——事件、症候与反思（2016年11月21日）

第六十七期：陈映真——文学与思想（2016年12月29日）

第六十八期：我国当代文化走出去的现状与问题（2017年1月5日）

第六十九期：打工春晚、乡村春晚——央视春晚之外的春晚类型及其启示（2017年2月23日）

第七十期：裸贷、苍井空——新媒体时代的另一面（2017年3月30日）

第七十一期：第四届全国青年文艺论坛："左翼文艺批评：历史经验与现实处境"（2017年4月22、23日）

第七十二期：《人民的名义》，反腐剧、涉案剧爆红背后的产业原因与传播逻辑（2017年5月17日）

第七十三期：从边缘到中心，网络文艺做对了什么？——从网综看网络文艺的IP机制（2017年6月28日）

第七十四期：《西游记》："超级IP"背后的中国故事（2017

年7月27日）

第七十五期："主旋律"新变的蝴蝶效应（2017年8月31日）

第七十六期：传统艺术的当代发展——以地方戏的困境为例（2017年9月29日）

第七十七期：现实题材舞台艺术的当代路径——以国家艺术院团演出季实践为中心（2017年12月13日）

第七十八期：国外网络游戏研究、评论的现状与影响（2018年1月11日）

第七十九期：《芳华》——七八十年代的情感结构及其当代呈现（2018年1月25日）

第八十期："亚文化"正在"主流化"？——网络亚文化的当代形态和未来影响（2018年6月21日）

第八十一期："娘炮""泛娱乐"之争与主流文化治理的当代挑战（2018年9月21日）

第八十二期：表达与呈现——社会底层如何通过移动互联网赋权、赋能（2018年12月19日）

第八十三期：中国科幻文艺爆发的缘起、路径和外部挑战（2019年3月4日）

第八十四期：青年文化的现代生成、世纪变迁与中国经验（2019年5月9日）

第八十五期：中国动漫如何塑造中国英雄?（2019年9月

26 日）

第八十六期：从李佳琦现象到李子柒现象——直播、短视频背后的当代感性共同体及中国经验（2019 年 12 月 26 日）

第八十七期：现实主义游戏——游戏可以把握和改变世界吗？（2021 年 3 月 18 日）

第八十八期：互联网时代的文学生活（2021 年 4 月 22 日）

第八十九期："鸡娃"时代，我们该给孩子什么样的文艺作品？（2021 年 6 月 11 日）

第九十期：赛博时代的真实感——《编码新世界：游戏化向度的网络文学》新书发布暨主题论坛（2021 年 7 月 5 日）

第九十一期：数码资本主义与快感的治理术（2021 年 11 月 28 日）

第九十二期："主旋律"文艺与文化强国（2021 年 12 月 9 日）

第九十三期：当代喜剧的"变"与"不变"（2022 年 3 月 23 日）

第九十四期：算法合成时代的艺术作品（2022 年 4 月 27 日）

第九十五期：数码时代的恐怖文学（2022 年 6 月 28 日）

第九十六期：细描"九十年代"——80、90 后学人的视角与问题（2022 年 7 月 30 日）

第九十七期：艺术何以乡建，乡建何以艺术？（2022 年 9 月 16 日）

第九十八期：数码时代的亲密关系——《罗曼蒂克 2.0："女

性向"网络文化中的亲密关系》新书发布暨主题论坛（2022年11月7日）

第九十九期：科幻电影——工业标准和艺术星空（2023年3月10日）

第一百期：石一枫的小说和新时代文学（2023年4月28日）

第一百○一期：技术和艺术——数码媒介条件下的文艺新变（2023年5月20日）

第一百○二期：剧本杀——从哪来，到哪去?（2023年7月7日）

第一百○三期：快递小哥——生命经验及其文化表达?（2023年10月13日）

第一百○四期：人文学科，位置何在? ——在"科玄论战"和"人文精神大讨论"的延长线上（2023年11月4日）

第一百○五期：AI时代的文艺原理之"何为风格"（2024年3月19日）

第一百○六期：看不见的权利：作为行动的非视觉摄影（2024年4月2日）

第一百○七期：AI时代的文艺原理之"何为写作"（2024年5月19日）

第一百○八期：何以青年：转折时代的青年问题（2024年6月21日）

附录 5　第七届、第八届鲁迅文学奖文学理论评论奖

第七届（2014—2017）

黄发有：《中国当代文学传媒研究》，人民文学出版社 2014 年 10 月

陈思和：《有关 20 世纪中国文学史研究的几个问题》，《文学评论》2016 年第 6 期

刘大先：《必须保卫历史》，《文艺报》2017 年 4 月 5 日

王　尧：《重读汪曾祺兼论当代文学相关问题》，《文艺争鸣》2017 年第 12 期

白　烨：《文坛新观察》，作家出版社 2017 年 12 月

第八届（2018—2021）

杨庆祥：《新时代文学写作景观》，上海文艺出版社 2021 年 12 月

何　平：《批评的返场》，译林出版社 2021 年 12 月

张　莉：《小说风景》，人民文学出版社 2021 年 12 月

张学昕：《中国当代小说八论》，作家出版社 2021 年 10 月

郜元宝：《编年史和全景图——细读〈平凡的世界〉》，《小说评论》2019 年第 6 期

附录 6　2014—2024 年华语文学传媒大奖（2020 年更名为"南方文学盛典"）"年度文学评论家"

第 13 届（2015）李洁非：《文学史微观察》

第 14 届（2016）唐晓渡：《先行到失败中去》

第 15 届（2017）江弱水：《湖上吹水录》

第 16 届（2018）敬文东：《感叹诗学》

第 17 届（2019）黄德海：《诗经消息》《泥手赠来》《驯养生活》

南方文学盛典（2020）周明全：《中国小说的文与脉》

南方文学盛典（2021）姜涛：《从催眠的世界中不断醒来：当代诗的限度及可能》《历史"深描"中的观念与诗》

附录 7　宝珀理想国文学奖历届评委与颁奖词

2018 年，首届宝珀理想国文学奖获奖作品，由阎连科、金宇澄、唐诺、许子东、高晓松五位评委共同选出，许子东代表评委团颁发奖项，颁奖词为："90 后年轻作家努力衔接和延续自契诃夫、沈从文以来的写实主义传统，朴实、自然，方言入文，依靠细节推进小说，写城市平民的现状，但不哀其不幸，也不怒其不争。"

2019 年，第二届宝珀理想国文学奖获奖作品，由戴锦华、黄子平、贾樟柯、路内、张大春五位评委共同选出，张大春代表评委团颁发奖项，颁奖词为："黄昱宁展现了很丰厚的文学修养，以洞澈的世情与人情观察，使短篇小说的形式深度生动展现。不同类型作品于焉也示范了作者打通西方现代小说传统与中文写作的卓越能力。"

2020 年，第三届宝珀理想国文学奖获奖作品，由苏童、孙甘露、西川、杨照、张亚东五位评委共同选出。苏童代表评委团致首奖《猎人》颁奖词："我们看见了作者展现他个人写作风格与品质的最新成果。现实生活也许是十一种，也许是一种。它是凛冽的、锋利的，也是热血的、动人的；它是我们的软肋与伤痛，也是我们的光明所在。我们为作者的精神历险发出了共同的惊叹，感谢作者为我们营造了一个新的文学磁场，让我们获得了另一种旋转的方法或眩晕。"

2021 年，第四届宝珀理想国文学奖获奖作品，由阿来、格非、李宗盛、梁鸿、马家辉五位评委共同选出。评委格非代表评委团致首奖《夜晚的潜水艇》颁奖词："《夜晚的潜水艇》独辟蹊径，把知识与生活、感性与理性、想象力和准确性结合为一体，具有通透缠绵的气质和强烈的幻想性。小说以一种典雅迷人的语言为我们展现了当代小说的新路径。"

2022 年，第五届宝珀理想国文学奖，主题为"从此刻出发"，评委团由梁永安、林白、刘铮、罗翔、王德威五位评委组成。林白代表评委团致首奖颁奖词："《潮汐图》想象瑰丽，文字清奇，以巨蛙奇幻冒险故事折射、反思历史转折时刻的突破与局限。从变形寓言到生态大观，从帝国巡游到海底奇遇，林棹调度各种文类，形成独特叙事风格，为当代中文写作带来突破；全作巧妙运用粤语方言，尤为一大特色。南方书写是中国及世界文学的重要主题，《潮汐图》从南方启航，驶向南方以南的未知境遇，为读者开启无限想象空间。"

2023 年，第六届宝珀理想国文学奖，主题为"必须保卫复杂"，评委团由李翊云、马伯庸、唐诺、万玛才旦、叶兆言（按名字首字母排序）五位评委组成，经过激烈讨论，最终评选出杨知寒作为首奖得主。马伯庸代表评委团致首奖颁奖词："杨知寒的《一团坚冰》，如刀旁落雪、寒后舔门，她以冷峻犀利的笔触将故乡冻结，然后退开一步，用舌头轻舔，温热的血肉粘于冰冷，一动则触目惊心，痛裂深切。"

2024 年，第七届宝珀理想国文学奖，主题为"原创文学的原创性在哪里?"评委团由陈冲、骆以军、双雪涛、许子东、张定浩（按名字首字母排序）五位评委组成。本书成书时，评奖工作还未结束。

附录 8　笔者在撰写本书过程中组织的"85 后""90 后"学院派批评家问卷调查

李静（主持人）：学院派批评在 20 世纪 90 年代前后登场时，极大地提升了当代文学批评的专业性与自主性，同时也竭力捍卫市场经济浪潮中批评的严肃性。但毋庸讳言，在以文学史为主导的教育体系与专业体制中，文学批评被边缘化，研究者对于文学现场或不关心，或缺乏回应新兴文学经验的能力。在许多人看来，论文文体"毒害"了鲜活的感受力，僵化了文法与语言，甚至造成批评家的自我规训。对学院派批评的不满、质疑，与学院派批评永不停歇的生产循环一道结搭为某种无物之阵，谁都可以抱怨几句，应和那句"建议专家不要建议"的调侃，却又无从迈出破局的第一步。因此，与其重复批评的"危机""缺席""失语"等论调，不如先从调查做起，倾听新生代学院派批评家的经验与思考。

为此，我邀请了 13 位在高校、科研院所与媒体工作的"85 后""90 后"学院派批评家，共同回答 5 个基本问题（不想回答的可以不答，不答亦是一种态度）。有些受邀者发出疑问，认为自己并非学院派批评家，甚至也并非什么批评家。必须说明的是，这份问卷所指向的"学院"，特指目前的学院制度，而非某种共同体 / 批评圈子，也非某种学理性的批评气质。具体来说，这份问卷的调查对象是毕业于中文系的博士研究生，供职于科研部门，且已有一定批评写作经验的青年批评家。

13 位受邀者的规模固然有限，但从现有回答来看，已是异彩纷呈，虽不乏"同代人"的共识，但也有不少观点的互斥与对撞，更有尖锐的、自嘲的声音。这也说明，当我们笼统地审判学院派批评时，是否真的了解它运作的实际情况与真正症结，是否真的愿意去正视体制内部新生代批评家的处境与探索？在我看来，后者更为重要、做点什么更为重要。现将各位受邀者的回答分为 3 期（初刊于"文学新批评"微信公众号 2024 年 4 月 8 日、10 日、12 日）陆续发表，以飨读者。

第 1 期的 5 位受邀者分别为王玉玊（中国艺术研究院马克思主义文艺理论研究所）、顾奕俊（浙江财经大学人文与传播学院）、罗雅琳（中国社会科学院文学研究所）、程旸（中国社会科学院文学研究所）、唐诗人（暨南大学文学院）。以下为问答内容。

中文系的学术训练（比如文学史教育等）对你写作文学批评有无影响，有何种影响？

王玉玊：我认为我现在所写的批评文章，是完全基于中文系的学术训练的批评文章，文学史意识、理论视野和文本细读的方法都构成我理解和评价一部文学作品的方法与参照，很难说三者谁更重要。不过硬要说的话，文本细读是我对文学批评的最核心的兴趣来源，它类似于一种自己出谜面、自己找答案的智力游戏，我可以从文本的正面、背面、侧面进入文本，自己搭起脚手架撑出文本空间，找到各种各样的证据和线索，把它们连接成一条漂亮的因果连缀的锁链，曲曲折折、曲径通幽，抵达一个让我自己感到兴奋雀跃的谜底。文学史意识和理论视野保障了文学批评在一定程度上具有公共性，它与既往的作品对话，关心当下的问题，与一些人产生共鸣。但文本本身的暧昧与歧义永远意味着每一次文本分析的旅程都有它独一无二的私密属性，是我与作品的一对一交谈，与社会现实无关、与其他读者无关，甚至与作者无关。

顾奕俊：基本的学术训练，包括作家作品研究、文学史教育、文学理论教育等，都是初习文学批评的必要前提，其给予了批评者以知识体系、观念思想、技法路径、标准秩序……但当现在很多年轻批评者写出糟糕到要找地缝钻的批评文字时，我觉得最大的问题，可能也是接受了太多的知识体系、观念思想、技法路径、标准秩序……当然，正面反面，都是学术训练对于文学批评写作所产生的"影响"。

罗雅琳：中文系的学术训练对于文学批评写作的影响是多方面的。最重要的一点，是让我学到了很多理想的批评样板。文学史中的很多人物本身就是著名的批评家，比如李健吾、卞之琳、朱光潜、闻一多、废名的批评文章，都是我不同时期反复品读的对象。译林出版社出版的"名家文学讲坛"丛书是我读本科时最流行的一套书，其中有卡尔维诺、特里林、哈罗德·布鲁姆等人的批评文集，那种优美、智慧的文字令年轻时的我们无比神往。哈罗德·布鲁姆让读者"向发现的无序敞开怀抱"，特里林告诉人们"知性乃道德职责"，这都是印刻在我们这一代学生心中的名句。我还会重读一些著名的文学理论著作，不是把它们当成放之四海而皆准的阐释框架，而是把它们当成最精妙的文学批评案例。比如萨义德的《文化与帝国主义》、马歇尔·伯曼的《一切坚固的东西都烟消云散了》、雷蒙·威廉斯的《乡村与城市》、朗西埃的《美感论》等，这些著作的理论内涵都建立在极为敏锐的文学感觉之上。很多当代学者的批评文集也对我产生过很大影响，比如20世纪90年代的"火凤凰新批评文丛"、21世纪的"e批评丛书"和"微光：青年批评家集丛"等。这些文集诞生于学院体制逐渐成形之后，在文体上游走于批评文章和学术论文之间，对我而言是更直接的学习和模仿对象。

学术训练当然还给我们提供了很多"理论工具"，这些"理论工具"当然是重要的，但我觉得，在写作批评文章的过程中，尽量不要让这些"理论工具"过于显形，不要让新鲜的文学作品成为某种理论的注脚，而是要更注重去发现文学作品中那些溢出现有知识之外的、真正"奇异"的成分——虽然并不是所有文学作品都具有这种奇异性。

程旸：我觉得文学史教育，对于我写作文学批评有着很大的影响，是绝对正面性的影响。俗话说得好，通古晓今。现当代文学专业的学术训练，让我对于 20 世纪以来，中国文学的发展脉络、名家名作，有了深入细致的了解与掌握。文学是艺术门类的一种，是人类社会流传千余年的众多故事模型的不同表现形式。这些文字中蕴含着的对于世界和人性的深刻理解跨越数百年，乃至千年的时光流转，仍然会让读者们常读常新、浸润其中。现在很多人没有意识到文学的强大力量，或者说它在长时间尺度里的潜力。所以说，写作文学批评，不能光靠直观性的对于作品情节、人物、思想表达的理解，还是得有史家更为宽广的、多角度、多样性的分析视角，才能写出更精彩的文章。在撰写批评文章的过程中，对我影响最大的资源无疑是黑格尔的《美学》《历史哲学》，还有科林伍德的《历史的观念》。现今很多学者更推崇福柯、萨特，乃至新近的阿甘本等西方学者的著作。但对于我来说，黑格尔的思想阐释的是人类文明本源性的那一方面内容，探讨的是关于人类社会组成、运转，能够绵延数千年的、根本性的核心原因之所在。20 世纪以来的众多西方思想家诠释的其实是黑格尔思想的某一面向，是对之进一步深化、分析，在现代社会这个基础框架之下的演绎。

唐诗人：我本科并非汉语言文学专业，是因为自己的摸索阅读、发现自己对文学和文学批评有感觉，才一门心思要进入文学专业的。我当时的想法是要有足够好的理论储备才能做好文学批评，所以硕士读了文艺学，博士才是现当代文学，但博士后、工作时又进入了文艺理论教研室。一路走来，我的路数相对而言是"野生"的，但一直很喜欢阅读理论类、思想类著作。所以，相对于文学史教育而言，理论资源对我的影响才是最大的。可以说，是理论塑造了我的文学批评。我当初从文艺学考入现当代文学读博时，经历了一个逐渐淡化理论、强化文本细读的过程，但后来好像又进入另一个极端，就是不够理论了。这些年因为我身在文艺学、需要讲很多理论课，所以又在调整，希望把文学批评与理论研究融合得更理想。

在媒体批评与大众批评极度活跃的今天，学院派批评的专业性与必要性体现在哪里？

王玉玊：这个说法或许很难得到认可，但我始终认为学院派的文学批评和文学研究（论文／专著）一样，都是学术生产的组成部分，它是面向学术共同体的，而不是面向公众或政府的。面向政府的智库写作，与面向公众的读后感、文学科普、文学导读都有着各自的文体规范，与学院派文学批评的文体是不一样的。与媒体批评占据同一个生态位、有竞争关系的是专业研究者写的文学科普与文学导读，而不是学院派文学批评。文学科普和文学导读的文体要求是为了尽可能让不同知识背景的读者都能够理解，并在读完后有所收获，于是稀释文章的信息量，将学术概念转译为日常生活语言，在修辞层面增强文章的可读性和感染力（这和自然科学的科普逻辑是一致的）。它服务于知识的传播而非生产。学院派文学批评并非不可能达到文学科普、文学导读的可读性，但这不该成为对文学批评的硬性要求，知识生产才应该是对文学批评的硬性要求，而这是媒体批评与大众批评都无须肩负的任务——媒体批评服务于经济与宣传，大众批评服务于文学生活。

当然，一些粉丝批评家（我使用"粉丝"而非"大众"这个词，和我的研究领域相关，同时"粉丝"意味着一种区别于"学院"的专业性维度）的评论很可能比学院派的批评更加内行、准确，更有生产性。这意味着不同的知识系统、思想谱系被引入了文学批评的知识生产场域，与其说是挑战，不如说是机遇。

而与媒体批评、大众批评占据同一个生态位的文学导读／科普与自然科学科普不同的地方在于，对文学的解读很难有绝对的是非对错。在这个领域中，所谓学者解读的"权威性"不过是一种傲慢。在面向非专业读者发言时，我认为研究者的专业性，或者说研究者的责任感应体现为独立而真诚的思考、系统性的表达。在这个遍地都是热搜和口号的时代，煽动情绪的技巧总是过剩，而系统性的表达严重不足。当我们提及一个观点时，它究竟由怎样的证据来支撑？当我们提及一个概念时，它实际的内涵与外延究竟是什么？某种社会倾向是如何产生的，它可能导致哪些积极或消极的影响？……没有系统性的表达就没有思考的基准，也就不可能出现真正有建设性的讨论。在参与众声喧哗的舆论场时，我认为，研究者有义务把口号还原为逻辑，而不是创造更多口号。至于独立而真诚的思考，这个说法似乎无须解释，自媒体要考虑流量和收益，而每个人在每时每刻都可能被不同的声音裹挟，这是人之常情，研究者也不可能免俗。但至少在写文章的时候，反思应该先于写作，虽然这并不能使我们获得真正的客观中立的立场（这种立场很可能根本无从抵达），但至少可以使我们说出我们此时此刻想说的话，而不是大家都在说的似乎理所当然、不证自明的话。

顾奕俊：我在以前所写的几篇文章里，经常会引用王宁20世纪90年代初期《论学院派批评》一文对于学院派批评的界定："受过严格系统的学院式训练的新一代批评家，思维敏捷，富有才华，他们能够灵活运用一门或数门外语，具有扎实的基础知识和广博的多学科专业知识；他们既了解传统，但又不拘泥传统的陈规陋习；他们研究西方，但又不盲目崇拜、照搬套用；他们锐意创新，少保守思想，并且有着较好的文学表达能力；他们努力奋斗，预示着一个生机勃勃、开一代新风的批评群体正在崛起。"假如对照这个标准，我甚至觉得我们现在接触到的多数"学院派批评"其实是另一码事情，只是因为实在不知道该如何命名这群人以及他们在写的东西，只得暂且冒用"学院派批评"的名号。

而且这个问题本身就让我很困惑：学院派的专业性究竟体现在哪里？是前言不搭后语地掉书袋？是疯狂秀学术黑话？是"听君一席话，如听一席话"？还是一两句话就可以讲清楚的道理非要洋洋洒洒扯东扯西万字言？——因为这就是诸多所谓"学院派批评者"爱干的事情，且以此自认为很"专业"。另外，我觉得现在的媒体批评、大众批评倒是有很多值得学院派批评者学习与反思的地方，比如反馈及时、说人话、语言精准有趣、论述直击问题内核，尤其是假如你多逛逛"豆瓣""知乎"，会意识到当下所谈论的学院派批评既"不专业"也好像没啥"必要性"。

罗雅琳：学院派批评的专业性和必要性，首先体现为对于当代文学共同体的责任意识。媒体批评可以有意识地选择"爆点"，大众批评可以以个人好恶为判断标准，但学院派批评应以促进文学生态的繁荣发展为基本意识。这并不是说只能表扬，不能批评，而是要更谨慎和公正地评价文学作品的亮点与缺点，发现新现象，推动新思潮，避免简单粗暴地对待作品。其次，学院派评论的优势应该是文学视野的整全性。学院教育让我们不仅读过所评论的那一本书，还读过很多其他的书。由此，我们可以发现作家究竟在与哪些前人进行对话，发现一部作品对于它所处的时代而言到底意味着什么，进而比较准确地辨认出这部作品的真正特殊性。

程旸：客观来说，学院派批评自古以来都是小众的，是象牙塔里的事物。只是在纸媒、网络等近现代传播技术出现之前，精英知识分子可以通过他们的文字,这一在特定年代,唯一性的媒介形式,将学院派批评记录在教科书、历史文献之中,因此给今日的读者造成了一种历史呼应上的错觉。举个例子,电影和游戏相比文学来说,还是相对稚嫩的艺术形式,因为载体的技术手段不稳定,会有蒙旧之观感。而媒体批评与大众批评,也可以用这个框架来概括。专业的人做专业的事,或者说,术业有专攻,这就是学院派批评的必要性与专业性。媒体与大众批评中自然有不少好论点、好文章,但良莠不齐是它的必然性。而且它们在网络上也无法获得永生的资格,也许因为技术的飞速更迭,很多2008—2014 年之间的网络文章已经无法打开了。关于必要性,还可以提到的一点是,学院派批评是一整个学术生产体制的一部分,也是常出常新的小说作品,获得文学史上些许地位的最主要途径。这一点,鱼龙混杂的媒体、大众批评是无法取而代之的。

唐诗人:可能 2000 年左右才是媒体批评最活跃的时候,那时候是纸媒时代,很多媒体(如《南方都市报》《羊城晚报》等)的文化文学版块所刊出的文学批评文章,影响力远超学院批评。现在是网络上的、大众的点评很活跃,网络上内容很多,能找到很好的评论,但浮在面上的、大多数网民看到的都只是最浅的、简单化的、情绪化的"观点"。网络发现了大众,让大众有了真正的表达空间。但"大众"不应该只是流量、数据,它也是由很多真实的、具体的人构成的,我们还是要重视具体的人。但现在纯粹的"个人"很难在网络上获得存在感，都会被声音更大的流量淹没。或许，我们更可以关注网络"大众"背后自行组合的"小众"。"大众"这个概念背后，"人"是模糊的。"小众"里有具体的人，同时也意味着有一个群体、一类有共同兴趣的人。就大众时代的文学批评来看，学院批评也只是这"大众"里面的一类"小众"的批评，不过这个小众有自己的传统、有自己的表达习惯、有自己的审美理想和文化目标、有学院体制。把学院批评当成无数"小众"里的一类"小众"，不是弱化学院批评的价值，而是说学院批评和其他类型的批评，可以形成一个更好的生态网络。如果"大众"能够意识到每一个"小众"的价值，意识到自己的声音也只是"小众"的趣味，不等于所有人的声音，不能把一个"小众"的声音凌驾在其他"小众"之上，如此批评才会越来越多元，同时也可以越来越专业。

当然，"小众"不是一个自我设限的圈子，尤其学院批评，它有着其他类型批评所欠缺的自我更新、自我革命的基因。所以，学院批评也一直在反思学院批评自身，一直在借鉴其他类型批评的长处。可能，学院批评的专业性就体现在这种赓续传统、坚守原则同时又不断自我批评、自我革新的过程中，它不是铁板一块，不是故步自封，不是人云亦云，不是跟风炒作，不是歌功颂德，不是打街骂巷……正是因为这些"不是"，让学院派批评特别难得。

在学院体制中，你会觉得写作批评文章是"不划算"的吗，会担心写作批评文章妨碍学者形象的建立吗？

顾奕俊： 我没有算过这笔"经济账"。但现在大学不太好玩的一个主要原因，就在于越来越多的人或积极或被动地在算此类"经济账"。

至于第二个问题，我好像没有担心过写作评论文章会"妨碍学者形象的建立"，尤其是"学者"在现今社会舆论攻势之下快要成声名狼藉之词的时候。我几个出去相亲的同事、朋友，一旦正气凛然地表明自己是"大学老师""青年学者"，基本意味着这场相亲就要黄了。我其实倒是比较担心自己正厚颜无耻、假模假样进行的"猥琐学者形象的建立"会影响到批评文章的写作。

罗雅琳： 我好像从来没有过关于写文章是否"划算"的考虑。"以文学为业"是一种幸运，文学本身就给了我们足够多的犒赏。是否算得上一位学者，重点在于见识而非"形象"，而见识并不以文章长短、选题大小来衡量。写长篇大论时，你可以用丰富的引文、宏大的概念、大量的案例来"伪装"见识；但在写作批评文章时，你经常无法使用这些"伪装"。从学生时代的研讨课开始，对于单部作品的集体讨论有时会让我格外紧张，因为面对同样的一部作品，每个人说出来的话却不尽相同，这是直接比拼见识的残酷时刻。我永远认为写作批评文章是困难且重要的。文学史由作品构成，如果对于作品没有精准的理解力，又怎么能研究好文学史呢？

程旸：过多地写作批评文章，也许会妨碍学者形象的建立，什么事情都要讲究个适度。当然，最主要的还是个人写作兴趣的取舍吧。我不会觉得写作批评文章是"不划算"的，因为借此机会，可以阅读更多新出的小说，拓宽阅读视野，了解文坛动向。而且，因为批评家们的审美、兴趣是各有各的差异，所以总会有优秀的作品没有被很多人看到，或者被很多人看到了，但没有得到应有的客观评价。从这个角度来说，从事一些写评论的工作，也是希望遗珠能被更多人看到。

唐诗人：到目前为止，我的职业和生活都受惠于文学批评。所以不能说"不划算"，这点还是要承认的。但接下来、可见的期间内，继续像之前那样做文学批评肯定是"不划算"的。学院体制越来越强调项目和论文的级别，而不看重具体的文章、作品。如果说以前是量化管理，现在则是"级别化"管理，辅以量化。重视"级别"的时候，权利的作用就越来越大，学术也越来越不纯粹。写作也是，批评也是，在这个过程中会变得越来越功利。功利化的学术、功利化的写作，真正的批评就只能是夹缝求生。

批评家与学者，这两个角色对于从事文学研究的人而言，应该是一体两面的。我们所熟悉的很多前辈老师，像陈思和、陈晓明、南帆等，都是身兼批评家和学者身份。不知道从什么时候开始，学院的人开始鄙视批评家身份，甚至做现当代和文艺理论的都开始排斥批评家身份。我一直觉得，做文学研究，尤其有现代意识的文学研究，就要有文学批评的基础，或者说要有文学批评这一素养。以前我觉得文学理论是文学批评的一种素养，但我现在觉得文学批评是文学研究（包括文学史和文学理论研究）的基础素养。这不是要抬高文学批评，而是觉得我们现在的文学研究过于沉闷、过于知识化了。把文学研究做成知识生产，丧失了文学研究应该有的情感和思想，这等于是把文学最好的那部分元素扼杀了。

我经常听到一些高校老师说自己已经不喜欢看文学作品，因为文学作品看来看去就那么回事，觉得浪费时间、不划算，不如直接看理论著作过瘾。这当然有个人爱好在里面，但也说明，文学专业的研究者已经不读文学了。我不知道，一个不关心文学的文学研究者，对文学还能提供什么有价值的东西？当然，他们可能说自己关心的是文化、是社会、是纯理论的东西。但很可惜的是，排除了文学，没有文学的滋养，他们的研究与历史学、社会学、人类学、哲学等学科学者的研究比起来，又能具备怎样的优势。现代的学术，除开跟着说、照着说，我们更要重视"接着说""创造性地说"。强调文学批评这一基础素养，就是希望突出"接着说"的重要性。网络、人工智能技术的发展，知识搬运的价值越来越小，我们必须强化反思能力、批判能力、必须提升我们的想象力、创造力。文学阅读不是知识阅读，文学批评不是知识操练，而是感受力的训练、想象力的提升、创造力的表现。

论文文体有没有影响到你的批评写作？你理想中的批评文体是怎样的？

王玉玊：我理想中的批评文体就是论文文体，只不过可能论述更集中于单部作品（或单个作者），文本分析的比重可以更高一些，行文风格可以更贴近所分析的那部作品风格。但不同学者对于什么是论文文体这一问题的回答可能也不尽相同。我觉得好的论文／批评文章除了满足符合学术规范、有独立的见解和思考等基本标准外，还应该是一篇优秀的侦探小说，证据翔实、推理严谨，不读到最后一行便猜不到真相，但读到真相的那一刻又觉得一切都如此合理，整个故事首尾勾连、结构精巧、珠圆玉润。当然，这个要求太高了，它是我努力的方向。除此之外，我所理解的好文章还应该有对话意识，并不是说要和所有人对话，但至少要和某个群体对话。比如说，批评文章可以与作者对话，可以与核心读者群体对话，可以与同行研究者共享的问题意识对话。我们的时代是一个共识稀缺的时代，而公开的发言和写作都是有可能增进共识的行动，在这个意义上，自说自话是一种浪费。

顾奕俊：事实上，论文文体更多影响到我的日常教学。比如在批评写作课上讨论李健吾的批评文章，学生反而会很迷茫，不喜欢，也觉得不"划算"。缘由是他们没法在李健吾的批评文章里旋即找到能够 copy 的"模板""套路"。但我又没办法理直气壮地说"这就是你们应该学习的文学批评"——假如学生真循此来写学位论文，结局应该会很悲惨。而论文文体式样的批评写作则让不少学生觉得颇适用，因为可以"依样画葫芦"，而且好像还挺"高大上"。对我个人而言，无论论文文体抑或其他批评样式，都是批评写作之一种，没有必要厚此薄彼。但年轻学生对于论文文体的自觉认同、袭仿及其背后的动因，倒让我觉得是个很有意思的话题。

"理想的批评文体"：真诚、开阔、敏锐、好玩、让人浮想联翩。

罗雅琳：我在写作中会比较自觉地区分论文文体和批评文体。比起学术论文，批评文章不必形成有头有尾、逻辑清晰的体系，可以有闲话闲笔，留有一些余韵和开放性。批评文章有长有短，标准并不一样。批评短文的可读性很重要，要在几千字的篇幅内把作品的"灵晕"呈现出来，甚至剪裁得更为动人，使尚未读过作品的读者迅速感受到作品的魅力。长篇批评则最好还能从个案上升到普遍，从单个作品中捕捉到整体性的时代感觉、精神征候。无论长短，最好的批评文章应该具有"四两拨千斤"的力量。文学史家洪子诚经常自谦地回忆他在 20 世纪 80 年代初想从事文学批评而不得的经历，但事实上，洪老师那些广义上的批评文章写得极为动人。《我的阅读史》中的《"树木的礼赞"》和《"怀疑"的智慧和文体》，是我十几年来一直萦绕心头的文字。文学批评经常被认为需要敏锐的心智，但年轻时的敏锐也许流于褊狭。好的文学批评以对于人性、生活、世界、历史的理解与包容为底色，这需要一种"随时间而来的智慧"。

程旸：我个人认为，批评写作可以采用近似论文文体的形式，也可以采用更具自由性的随笔体来写作。至于我理想中的批评文体，我觉得每次写作一篇新批评文章时，可以采用不同的风格来多做尝试，正可谓，杂糅组装，怎么合适怎么来。当然，任何专业的论文写作都有一定的模式，几代学人摸索研究而传承下来的范式，是应该在大体上遵循的。

具体地说，批评家与作家是两种不同的角色。批评家在从事对作家作品的批评活动时，既是一位读者，也好像是对作家个人的情况比较熟悉的朋友。正因他是一位读者，才知道，读者在阅读文学作品时的心理期待；他又不能只是读者，而是一位比读者更了解作家生活观念和生活态度的朋友。他不是冷淡地站在作家的世界之外，而是设身处地进入其心灵活动之中，体贴地触摸和猜想这些隐秘的心理活动。而现在的一些批评文章，多关注于作品出色的一面，但对不足的一面，甚至是明显的缺漏之处，针砭的力度颇为不够。这不利于文学这个行业的进一步发展。

唐诗人：说实话，我本科、硕士阶段看的论文数量其实不多，一直都是阅读著作。对于怎么写论文，也是从写批评文章开始一步一步摸索过来的。真正意识到论文体的影响，是留在高校开始指导学生写论文的时候，发现所有学生都习惯写好结构然后往里面添内容，最后写出来的文章都是一块一块拼接起来的东西。而且，那些所谓的论文结构，都和模板一样。我提醒他们不要这样写，要一气呵成，他们会一脸蒙，因为很多老师告诉他们应该那样写，以往都是那样写，为什么到我这里就说不要那么写？一气呵成的文章很难写，这种"气"就相当于一篇文章的神经，这是内在于身体的看不到的东西，岂是用论文体的那些千篇一律的结构能够比拟的。当然，写大文章，写硕士、博士学位论文，我们还是很需要结构的，但这里的结构与写一篇文章的结构不同。

批评文章，包括大部分的文学研究文章，根本没必要写成结构僵硬的论文。标准化的论文格式，可以是一种数据管理的需求。但这标准化只能是形式层面，不能把文章本身也标准化了。把文章本身标准化也就等于把写文章的人也标准化、格式化了。写批评文章，很重要的就是要有"人"。文学批评文章背后要有"人"，要让读者看到文章背后批评家的精、神、气。具体的批评文体，当然有很多类型，每个批评家都有自己喜欢和擅长的写法，风格没有高低，但人格是有高下的。我心目中理想的批评文体，未必是某种语言风格的文体，而是有独到见解且能看到批评家精神气象的文体。

身为"批评家"，阅读"作品"会有意无意地等同于阅读"文献"吗？你是否还拥有文学生活？

王玉玊：虽然我应该算不上批评家，但文学研究的训练确实改变了我阅读作品的方式，并且我很享受这种改变，它使我在作为普通读者享受作品的同时，还能在研究者的视角上获得另一重快乐。作品会变成文献，我认为，只是因为它不好看但又必须看。在文学研究中，难免遇到一些绕不过去、必须阅读但确实不好看的文献，但这是研究工作，不是文学生活。大千世界，这么多作品，除了小说、散文，还有电影、戏剧、电视剧、动画、漫画、游戏、综艺……其中总该有些是好看的。

我的研究很少涉及纯文学，主要的研究对象是网络文学和流行文艺作品。所以我每天都在以学术研究的名义"摸鱼"（研究工作与文学生活二合一），看网文、追番、追剧、玩游戏，这真的很快乐。我有个偏见，纯粹的文献（不好看的作品）是不配成为文学批评的对象的，它可以是文学史研究的对象，或者文化研究的对象，或者其他什么，但只有好看的、有趣的、激动人心的东西才值得文学批评，因为我迫不及待地想要告诉全世界这部小说有多么精彩，或者为什么它看起来如此糟糕但我却欲罢不能，或者虽然它很好但它其实可以更好——这种冲动大概就是文学批评的冲动。

我的研究对象告诉我，"好看"真的很重要。如果一个人觉得一部作品好看，就说明这部作品与他的人生经验切身相关；如果许多人觉得一部作品好看，就说明这部作品与这个时代的共通经验紧密勾连。今天的读者都是身经百战的读者，纯粹的工业量产套路根本不足以让他们觉得"好看"，"好看"是共鸣，是隔着文字交心，是奇思妙想，是妙语连珠，是恰到好处的美梦与慰藉，是作者隔着套路为我代言，说出我不知从何说起的感受与心声。

在今天这个时代，背对读者写作是傲慢的，居高临下的文学批评也是傲慢的，所有傲慢的东西都有它存在的理由，但它不该成为权威和标准。

顾奕俊：首先，我不是"批评家"。而关于第一问：因为我有关"文学作品"的追踪阅读量非常有限，仅结合这几年自己读到的各类"文学作品"，觉得用"文献"来形容之，都是一种令自己羞愧难当的夸饰。反之，阅读到好的"文献"时，会自觉将其当"作品"看待。

第二问：关于这个问题，我微信随机转给了一个同行，然后他回了我"Doge＋六点省略号"。我觉得，他已经代替我回答了。

罗雅琳：这个问题太妙了。确实，我经常在读作品时停下来记笔记，生怕错漏那些值得研究的"点"，但记笔记会打断连贯的阅读体验，让我读得很不痛快，甚至觉得这是一种"异化"。在三种情况下，我可以享受最彻底的"文学生活"，一是不带目的地重读那些曾经打动我的作品。二是有意阅读一些离手头的研究关系最远的作品，比如侦探小说。似乎很多人都有用侦探小说来解放学术头脑的习惯。三是作品足够震撼，让我不知道该怎么解剖它。较近的一部给我以沉浸式体验的作品是刘亮程的《本巴》。以前听过一句话：最好的作品往往让批评家们说不出话来。

随着年龄的增长，日常琐事越来越多，我才真正意识到文学生活的价值，也更珍惜文学生活。在日常状态下，人不得不经常性地屏蔽情感，只有这样才能高效处理一些事务，所以现在很流行"淡人"这个词。但人之为人，情感必须要有一个出口。文学可以让人进入情感丰沛的状态，让在粗糙生活中被封锁的细微体验渐渐苏醒。那种读完作品之后心头湿漉漉的状态，是最美妙的。文学生活应该是批评家的源头活水。

程旸： 可以这样说，出于工作需要，阅读一些不那么出色的作品时，确实会近似于阅读文献。当然，这也是很正常的。史家在阅读、整理文献时，也会不得不处理一些枯燥生涩的材料。但不可否认的是，即使不是特别好的小说，读起来也能唤起想象力，人物也要比当下粗制滥造的电视剧里鲜活很多。写得一般，那人物也是个接近生活中的真实的人。电视剧里有很多都是泡沫童话角色。而且文字与图像相比，它最大的魅力就是想象力和解读空间，而动态性的、视频化的图像则更为具象。文学生活的话，除了经典名著，当下的一些新生代作家，比如王占黑、陈春成、杨知寒的作品，我是颇为欣赏的。王占黑的《痴子》很出色，有超越年龄的成熟练达。她对现实的把握，很有自己的感悟，有一种真实的、切肤的痛感。但并不是剑走偏锋的怪异。对于命运不济的普通人，那种理解之同情，或者说感同身受的味道，很感染人，尤其是沉入谷底的不幸人生，她的描摹很深刻。杨知寒的《荒野寻人》充溢着深沉、内敛、克制的悲凉。一条无归路，却只能独自走下去。文字有粗粝的质感，却是举重若轻的。

戏剧在广义上也属于文学的门类。我近些年的文学生活，有一部分是属于话剧的。我喜欢看话剧的一点就是，中国演员可以在话剧里借助西方经典的文本，展现出众的并不逊色于欧美演员的演技。而在现在大多数国产剧里，当演技碰上浅显的剧本时，是看不出演技的。现今优秀的话剧作品，似乎能突破当代小说的视野局限，展现出深刻的意蕴，与世界文学更为接轨。我看过河南话剧艺术中心的《兵团》，现在的主旋律作品剧本真好，大我有，小我的细微人性也被展现得淋漓尽致。话剧和电影很不同的一点是，电影里如果人物和"死魂灵"对话，一看就是虚构的特技。这剧里一个老兵面对观众回忆早逝的弟弟，扮演弟弟的演员在舞台后方的高台上不停地展臂奔跑，开心嬉笑。一刹那，人与鬼的对话，思念有了某种超越凡俗生活的诗性，特别动人。我的意思是，当代作家们也许可以从话剧作品里吸取一些创作思维上的优点，来写作出更优异的作品。

唐诗人：这个问题太尖锐了，瞄准了我们的痛点。现在读文学作品，经常感觉自己就是在读"文献"，是为了写东西才读，尤其读那些并不理想的作品时，这种感觉就更强烈，觉得如果不是要写什么论文，才不会去读这些"垃圾"。但真正读到好的作品时，这些感觉就会被忘记。读到好作品，读到能打动我、感动我的作品，还是会有振奋感，会读得废寝忘食，这种感觉很美好。我不知道体验到这种美好感觉的时候是不是意味着拥有了"文学生活"。"文学生活"如果宽泛一点，我们从事文学研究的生活就是文学生活吧，这里面有愉悦的时候，也有辛苦和厌烦的时刻。很多人觉得做批评很不值，除开学院体制上如何计算科研成果的划算不划算，还有就是花很多时间阅读很多"见光就死"的新作，这是浪费生命。但我觉得，如果只读历史上的经典、只去感受那种领悟经典的"愉悦"时刻，而不知道、不了解经典背后无数"不经典"的文本也有生命、有情感、有汗水，那些"经典"所带来的愉悦也只能是单薄的。无数的"不经典"，是万家灯火、是人间草木。文学批评不只是为经典作注脚的研究，也是为具体的人、为真实的生活作见证的事业。

第2期的4位受邀者分别为刘欣玥（上海师范大学人文学院）、杨毅（天津大学冯骥才文学艺术研究院）、行超（《文艺报》

社）、刘诗宇（中国作家协会创作研究部）。以下为问答内容：

中文系的学术训练（比如文学史教育等）对你写作文学批评有无影响，有何种影响？

刘欣玥：我对于文学批评最初的认知与兴趣就来自中文系的教育。2009年，我进入中国人民大学文学院，杨庆祥老师是我们那一届的本科班主任。在杨老师的当代文学课堂上，无论是他对于文学史经典另辟蹊径的"重读—重写"的研究示范，还是他在文学批评中展示出的，从个体出发，打通代际困境、社会历史问题的"症候式"读法，都给了我最初的学术启蒙。大一这年，是对我个人而言很有意义的时间点。因为我是在世纪之交"新概念写作"、青春文学热影响下长大的，2009年前后，正是张悦然主编的主题杂志书系《鲤》问世并接连出刊的时间，也是"80后"写作及研究都开始转向复杂的几年。与少年时代读物在大学教育中的惊喜"重逢"，使得我与文学史、文学理论并行不悖的文学批评学习，变成一件自然发生的事。我入学后才知道，原来中文系除了面对严肃的文学史经典，也可以研究与时俱变、尚未定型的"文学现场"。而"现场的"未必是速朽的，它同样可以是"历史的"、是"批判的"、是"保持自我反思的"。杨庆祥、黄平、金理老师那几年里对张悦然、郭敬明、韩寒等"80后"作家的文学社会学式的细读与批判，兼及对青年写作、青春文学的历史梳理与起源重述，以及他们的"80后学者三人谈"系列，是后来影响我批评思路很深的学习起点。

后来去到北京大学读书，贺桂梅老师的当代文化研究讨论课也对我影响很大。贺老师的文化研究思路，将我的视野引向大众流行文化的市场运作和话语机制，让我认识到，在文本细读之外，具有历史纵深的思想观念体制的维度、政治经济学维度的"联动"，同样不可或缺。黄子平老师所说的"批评总是同时代人的批评"，一直让我心有戚戚。它携带着20世纪80年代文学创作批评"黄金时代"的实战经验与理想余绪，也鼓励我在"80后""90后"作家身上，找寻属于自己这一代人的历史经验、集体问题与美学范式。我写得很慢，但一直把自己放在这个核心问题意识的延长线上。

杨毅：肯定是有影响的。中文系的文学教育最主要的是文学史和文学理论（也包括文学批评）。前两者都是中文系本科生的专业必修课，文学批评通常是中文系本科或研究生的专业选修课。所以文学批评本身就内在于大学教育的学术训练之中，即便将来不直接从事专业的文学批评，只要接受过文学教育就会影响看待和写作文学批评的方式，对于"学院派批评"就更是如此。

我觉得这种影响主要来自文学史和文学理论，也就是中文系文学教育最主要的学术训练。文学史告诉我们评判文学作品要有历史的维度，正如看似今天才出现的新现象往往有其来路；而文学理论教给我们从不同的视角来看待和分析文学作品，透过表象深入作家作品的无意识。如果说文学史教育更侧重知识型，那么文学理论则更侧重方法论，但本质上都是知识层面的。

文学史、文学理论和文学批评相辅相成，文学批评离不开文学史和文学理论的影响。就我个人来说，受文学理论方面的资源影响更大，这可能和我有过文艺学专业的学习经历相关，但更重要的还是自身对理论的兴趣所致。我认为理论对文学批评既是工具也是方法，还是世界观，恰当而合理地运用理论使之成为打开作品的密钥，从而照亮了文学作品中的那些晦暗不明处。

行超：收到这个问卷的时候，我首先想到的是，什么是"学院派批评"？我硕士研究生毕业之后进入中国作家协会工作，后来又读了博士，因为并不身处学院体制之内，所以也一直不觉得自己属于"学院派"。但是，换个角度，即便不在学院体制之内从事文学批评工作，我们曾经接受的完整的学院派文学教育，确实会令我们所做的文学批评与普通读者个人感悟式的评论存在本质区别——至少应该算是"专业读者"吧。

对于专业的文学批评来说，中文系的学术训练当然是有影响的，甚至可能是决定性的影响。比如您提到的文学史教育，它不仅是文学发展历程的简单梳理，同时更伴随着审美的建立。我们都读过布鲁姆的《西方正典》，所谓"正典"，是在特定历史时期具有代表性并且可以流传后世的作品，你可以说这是一本经典名作的批评文集，但由这些经典名作串联起来的，正是整个西方文学史。简单地说，文学史向我们呈现了什么是经典、什么是美，而这种标准的建立，正是我们做文学批评的基点。

在学习撰写文学批评文章的过程中，中文系的学术训练时刻潜移默化地影响着我，比如欧美新批评倡导的文本细读方法，比如西方马克思主义的大众文化批判思维等。除此之外，文学批评和学术论文的一大区别在于，文学批评更见作者的个人心性和审美趣味。学术论文要求客观、严谨、态度中立、逻辑严密，而文学批评更依赖眼力和才情。文学批评是对同时代的文学作品进行鉴别、描述，是当下的、即时的。面对一部最新的文学作品，如果没有任何可以借鉴的理论、史料、文献，批评家是否有勇气、有能力作出判断，其实更加考验写作者个人的审美趣味、感受力和判断力。

刘诗宇： 文学史为文学批评提供了基本的参照系，我们必须在历史的框架中，才能完成对于作品的客观评价。但这种影响是值得警惕的，很多当代文学研究者选择远离文学现场的一个最主要理由，就是觉得新的作品相比文学史经典来说，"写得太差了"。很多文学研究者都是骨子里浪漫的人，假设每一次相遇都要对标曾经逝去的白月光，那么孤独终老势所必然。

因此，我愿意把电影、动漫、游戏等作为我的重要话语资源。从这些文学之外的艺术形式出发，大众层面的、鲜活杂芜的经验能够中和文学史带来的挑剔与苛刻。想要看清楚今天的文学到底"是什么"，就需要有跳到文学之外的能力和勇气。

在媒体批评与大众批评极度活跃的今天，学院派批评的专业性与必要性体现在哪里？

刘欣玥：我对其他文类的批评生态涉猎不深，仅就我熟悉的当代严肃文学的情况来回答吧。"学院派批评"究竟是什么呢？它似乎指向某种我们心里都不言自明的写作形象、文体气质和流通生态，带着一点模式化的刻板偏见，又让人忍不住想从内部爆破点什么。我对"学院派批评"的理解是，写作主体受过较为系统性的学术训练，会将研究对象放诸相应的文学史、批评史、文化研究或文学社会学等问题视野里，运用理论工具展开有逻辑、有深度、有反思自觉的解读分析。从运用场合来说，它是学术研讨会上的发言，或者是发表在学术期刊、文学类的报刊及其新媒体平台上的批评文章。专业化的文学批评是当代文学制度与传统中的一个有机构成，现在也更平滑地扮演着高校"学术生产"的一环。它的专业性不在抽象的"学术含量"或者相较于媒体和大众批评显得"比较不好读"的语体规范上，而在于思维和智识上的强度，以及批评作者每一次冲击复杂性的决心吧！

但是，让我迟疑的是学院派批评的有效性。至少对当代文学批评来说，是不是关心当下生活，能否与快速变化的社会现实与文化对话，是一个挺重要的尺度。这一点上，媒体批评和大众批评有许多值得学习的品质，比如敏锐、及时、落地，为值此时刻涌现的现象、话题与事件提供公开的讨论氛围……如果"学院派"只是在参与关门讨论的学术发表，或沿着给定的轨道完成模式化的内部循环，好像也违背了"当代"必须躬身入场的职责。我说的这种情况，也许太极端了，但它好像是存在的。

做当代批评的魅力与挑战正在于，你必须让自己一直"保持在动"，现场在变，作为观察者与对话者的自己也要变，但又要有自己的步幅与节奏。媒体批评、大众批评和学院派批评，可以理解为分工不同，学院派批评不一定要像前者那样冲到前线，也未必有那个能力，但它的优势或许在于更擅长"反刍"和"透视"，有历时性的问题关切，有检索资料、穿透片面现象的整体眼光。其实媒体报道、互联网上的短评、读者的打分留言，那些分众化、碎片化的声音，都可以成为学术批评纳入观察的对象。网络上的争吵可能是一时的，尤其是在这个注意力分散的时代，每天都有新的热点，人们都变得很健忘。过一段时间来看，如果我们还觉得一篇批评谈的事情有价值，它抓住了某个时刻的某个"真问题"，那就是它不可取代的意义。

杨毅：我认为，学院派批评与媒体批评和大众批评并不完全对立，首先要看到三者之间的联系。很多媒体人和大众也接受过文学教育（它可能是在中文系获得的，也有可能是后来接触到的）。这就会潜在影响到他们对文学的判断。反过来说，学院派的学者也需要借助媒体向大众传播，这也会使得文学批评的专业性部分让渡给媒体和大众。

当然，相比于联系，三者的差异更加明显。这也是突出专业性的学院派批评存在的必要性。不同于媒体批评和大众批评，学院派批评并不直接面对社会公众，理论上不需要向后者负责，遵循的是学院知识生产规范，更具有相当程度的自足性（但就像前面说的实际上无法实现）。学院派批评的专业性在于从文学自身的发展规律、审美特性和社会功能理解文学作品的价值，尽可能地回避外部因素对文学本身的干扰。

尽管今天媒体批评和大众批评尤为活跃，但真正的学院派批评不是无视而是超越了前者。因为优秀的批评虽然从作品出发但又不局限在具体的作家作品之中，而是带来更深层次的启迪，不仅能加深对作品本身的理解，更能刷新我们看待世界的角度，乃至重新审视我们自身的处境。

行超： 在自媒体时代，人人都有表达的权利，也提供了表达的方便。这种背景下，我们的生活为大量轻阅读、浅阅读所占据，三分钟读懂一本书、一分钟讲解一部电影，长期在这种环境中，读者很容易被误导，甚至可以说是一种降智。学院派批评恰恰应该在这时发出自己的声音，从专业的角度出发，经由自己的眼力、洞见，向大众提供真正具有审美自觉的文学批评，这正是大部分媒体批评和大众批评所缺乏的。

现在的问题在于，一方面，所谓的学院派批评是否确实能够提供这样的眼力和洞见？另一方面，在新媒体环境下，这些优秀的学院派批评如何传导至大众读者之中？这当然不仅是传播媒介的问题，还有学院派批评本身的行文方式、语言风格等是否能为大众所接受。比如我看影评，最欣赏的是戴锦华老师、毛尖老师，作为专业读者或文学批评的后辈，我时常从她们的文字和发言中获得很多启发。她们的影评有一个共同特点，观点敏锐、犀利，语言风格自成一派。经由新媒体的传播，她们也收获了很多读者"粉丝"，在无数媒体与大众的影评当中，非常突出地体现了学院派的专业性。从这个角度来说，专业性就是必要性的前提。学院派批评必须真正具有"专业"才能不被淘汰，非如此，学院派批评逐渐失去读者的信任，当然就无从谈起必要性了。

刘诗宇：我特别好奇，假如一位现当代文学博士做了记者，然后他／她在小红书上发了一篇关于某部作品的评论视频，视频有一篇论文作为底稿，其中旁征博引，既有文学理论和文学史视野，同时语言又活泼生动，多用互联网、二次元"梗"，那么这样一次文学行动，究竟是属于媒体批评、大众批评还是学院派批评呢？关于这个问题，我可能要使用我最讨厌的回答问题的方式——没有媒体批评、大众批评和学院派批评的差别，只有及时、生动、准确的批评和不及时、不生动、不准确的批评的差别。

这个问题更像是在讨论我理想中的批评应该如何，以及我们的教育、从业经历能够为这种批评产生哪些帮助。作为文学专业培养出来的本科生、研究生，文学史、文艺学训练教会了我们很多稀有的知识和方法。如果我们能以可接受的方式——不是故作深奥、故弄玄虚——把这些东西对于文学作品的增益写出来，这大概会很让读者，也让我们自己愉悦。同时今天的期刊、报纸都有多媒体账号，以我个人来说，作为"90后"对于信息流平台并不陌生，似乎应该让文章有更广泛的受众，并且汲取这些平台上流行话语的有益成分。最后，学者的批评其实也应该考虑到大众的审美趣味，当然不是为了迎合，而是说当我们想尽可能公平地去评价一部作品时，不能忽略这个时代大多数人的看法以及表达方式。

在学院体制中，你会觉得写作批评文章是不"划算"的吗，会担心写作批评文章妨碍学者形象的建立吗？

刘欣玥：这道题我试着放松回答！我好像不觉得自己有什么"学者形象"。诚恳地说，如果有"来自他人眼光"的压力，可能是会担心自己后来的表现让师长失望，比如注意力太分散，凭兴趣做研究的思路太任性，没有成长为更可靠的样子。我的博士学位论文做的是听觉文化视野下的延安文艺研究，关于左翼大众文化的研究课题也仍在继续，乍听起来和当代青年小说批评差了十万八千里。所以每次和人介绍的时候，我都要解释一句，自己的研究兴趣"挺分裂"的。但对我来说，两者都是在解答我自己的生命困惑，它们的动力是相似的，只是维度不同而已。

关于"划算"的设问，可能指向某种隐形"学科研究鄙视链"（文学批评是学术含金量"更低"的研究领域？），也可能指向现行的高校学术考核体系中，对于文学批评能否转换为具有同等权重的科研成果、能否应付学术晋升考核的担忧吧。在这一点上我的做法一直挺任性的，也感激得到了许多包容，只是不知道这种任性的状态还能维持多久。

"青椒"已经很苦了。在过去的两三年里，批评是我葆有自我、与他人和世界重建联结的缓冲地带。它像自留地一样，在自我表达陷入迟滞的时候，至少还可以让我和同龄人的感受与表达在一起，积蓄越冬的能量。在生存环境允许的情况下，我会选择做现阶段能给自己提供韧性训练与情绪价值的研究工作。

杨毅：我觉得之所以会有这种想法是因为学院的评价和考核体制对批评文章的轻视。众所周知，在如今高校以项目和论文为王的评价体制，以及针对青年教师"非升即走"的聘用考核体制下，批评文章无法成为自身谋求生存和发展的砝码，所提供的微薄稿费倒不如说是作者"为爱发电"，再加上学术内部（包括批评从业者）长期固有的"鄙视链"，也让批评文章的处境越发尴尬。

但我倒不对此表示悲观。往大处说，批评文章和学术论文的划分与述学文体的生成相关，是典型的现代问题，但两者更多时候其实是并行不悖的。比如近来也有尝试"批评的学术化"。如果单纯从文学批评的角度，我不认为两者有高下之分，因为文章只有好坏而没有类别之分，好的批评文章远胜过蹩脚的学术论文。很多学术论文的写作纯粹是为了发表，观点简单但连篇累牍，把简单的事情往复杂里说，再加上看似专业的"学术黑话"，而写批评文章还不至于面目可憎。

同样，学者形象的建立不是靠发表论文的数量而是文章质量，那种用发表的期刊的级别，代替对论文本身质量的评价只是行政管理的操作而与学术本身无关。即便我们不能改变现状，也要充分意识到这种体制对学术本身的伤害。

行超： 我的工作单位在中国作家协会，不在学院体制内。事实上，我也一度觉得自己不够"学院"，为此也有过焦虑。这种焦虑从何而来呢？从根本上讲，我想是因为自己内心深处有一种想法，即学院派批评比一般的文学批评更有难度，更有技术含量。这应该是批评界一种普遍的观点，您所说"写作批评文章妨碍学者形象的建立"也多少与之相关。

但是，如果我们理性地分析，这种观点经得起推敲吗？我们都知道，有那么多文学期刊，每年发表那么多学院派的论文，但是其中有多少能够真正提供新见？一大批所谓的学术论文不过是他人观点的搬运。这几年大家说起学院派批评，好像有一个共同的感受，就是对那种理论缠绕的、晦涩难读的论文式写作很厌倦。我想，所谓"学院派"的身份可能也在经历着祛魅——毕竟 ChatGPT 都能写"水论文"了。所以我觉得，建立什么"形象"其实没那么重要，文学批评的标准只有一条，好的还是不好的，而不是"学院派"还是"非学院派"。

刘诗宇：这个问题让我汗颜，老实说我某种程度上已不在学院体制之中，我大多数的文章都难逃"批评"的范畴。如果有人看我的文章脚注数量稀少，行文间少见高深莫测的"因此，正如德里达所说""无独有偶，福柯曾在 19×× 年这样写道"，就觉得我算不得学者，将我等而下之，我也无话可说……我突然想到一件有趣的事，有的学者在品评人才、指点江山时，若说一个学者有"才气"而未提及其"扎实"，很可能是在委婉表达对某深入文学现场的批评家的蔑视与反感。我特别好奇的是，假如能把这"才气"克隆一份，在任何人都不知道的情况下送给说话人，他是会欣然接受还是扔在地上狠狠踩上两脚呢？

论文文体有没有影响到你的批评写作？你理想中的批评文体是怎样的？

刘欣玥：我是同时开始学习如何写论文和如何写批评的，所以有很长一段时间，两者的文体在我这里是缠绕的。但很难说它们之间是谁影响谁更多，哪一边受到的影响会比较不好。不过这两年我识别出自己在写作习惯上的一些问题，已经在有意识地将两者区分开了，比如让论文语言更精简、客观和准确，让批评更自由和通达一些。有时候我也会模仿批评对象的文风，做一些"随物赋形"的游戏实验，也想要尝试对话体、书信体、说明书体等更多的文体可能。

在起初的一段时间里，我的理想读者是作家本人，我想识别出优秀的作者，写出她/他心里的隐秘。这种在纸上展开私人对话的愿望，可能至今依然还在，因为我一直对文本内外的"人"感到好奇。后来我逐渐认识到，批评是一种既独立又公开的创作，它和文学写作是一种并肩行动的关系。我更倾向以追踪式的阅读，观察一个作家的成长和变化。在"现场中的人"的行迹是及物的，我想从中捕捉更大的群体、外部世界的更新。这是一项需要时间参与成型的工作，它具身的地方在于我自己的改变也会融入其中。我将其理解为是一种共同成长。

现在的我，会生出更多"面向读者"的责任吧，虽然向公共生活掘进的工作好难啊！在文学阅读人口严重萎缩的现实面前，要如何将我们之中优秀的作者推向读者，促成阅读，甚至召唤出更多当代文学的读者来？真实的阅读与交互，一定能够滋养进一步的写作。在这个人均社恐的时代，"活的交流"显得更为珍贵了。这种理想中的批评是能够制造对话的，在力所能及的情况下，也能跳进拥有更多人的场合，去发出声音。这些品质需要不停付诸实践去习得。

杨毅：前面说到，好的文章没有文体之别，但这只是理想的状态。而按照现行的评价考核体制，文学批评从业者又不得不以期刊论文来应对考核。因此，论文和批评写作难免有某种割裂感。论文文体要遵循必要的学术规范，而批评写作的自由度和包容度相对更高。但这并不意味论文文体会在负面上影响到批评写作，它也可能使后者不至沦为仅是读后感的阐发，而是通过深刻阅读作品、对文学作品的理解，提高批评文章的思想性，也就是在思维模式上促进文学批评的生成。与此同时，论文文体的规范（比如对文学史的梳理或理论的执念）使得批评文章过于知识化，缺乏价值判断和审美表达。这对于论文来说似乎并无不妥，但会使文学批评受制于学术规范。

我理想中的批评文体要有思想的穿透力，既要穿透作品本身的设定，也要穿透日常经验；理想的文学批评，既要将作品从同质化的历史中解救出来，在多重的文本中倾听时代的回响，还要照见人的可能性、要摒弃熟练操持的话术，在习以为常的生活中探寻到涌动的风景。因此，我理解的文学批评不只是批评，也是召唤；不只是阐释这个时代，也是想象另一种未来；不只是简单地拆解文本的技巧或者作者的意图，而是鼓励历史地思考我们此刻身处的困境。

行超：我个人的感受，长期写论文一定会对文学批评话语产生影响。一方面，我那种非常"文学化"的表达能力明显降低了。写博士学位论文之后的一段时间，我一度觉得自己的文学话语枯萎了，容易下定义而不善于描述，这对文学批评来说不是好事，为此我也感到很苦恼。但另一方面，我想这也是一种规训，或者是审美、价值观的重塑。现在的我，的确更看重批评文章中能否提供智识的启迪，而非个体化的描述和简单的抒情。一流的文学批评一定不局限于文学本身，而应该具有跨学科的视野，能够在文学作品中发掘时代历史、生活现实、思想精神等的秘密。

就批评文体来说，我个人更看重的是伍尔夫、詹姆斯·伍德那样的敏锐、深刻，同时活泼、有趣，能够迅速抵达普通读者。他们学识深厚、眼界开阔，但并不是以"学院派"的形式呈现出来，而是以饱含个人体温、具有普遍共情的方式表达出来。就像伍尔夫说："我很高兴能与普通读者产生共鸣，因为在所有那些高雅微妙、学究教条之后，一切诗人的荣誉最终是要由未受文学偏见腐蚀的读者的常识来决定。"

刘诗宇：论文文体的影响是潜移默化的，到现在它也仍是我书面语言的潜在形式，我对其充满警惕，却又难以脱逃。我特别畏惧那种诘屈聱牙的长难句，以及不知所谓的引经据典，也许是由于某种"劣币驱逐良币"的趋势，这竟构成了我对论文文体的第一印象。我真正向往的文体应该像好的小说或散文一样顺畅、激动人心，既有学养又不乏观点和态度。这种文体应该既可以属于批评也可以属于研究。

身为"批评家"，阅读"作品"会有意无意地等同于阅读"文献"吗？你是否还拥有文学生活？

刘欣玥：我的工作习惯是动笔之前，会将一篇作品反反复复读很多次。我不想错过任何第一次被击中的时刻，所以第一遍会尽量带着白纸之心去读，这里头有一些敬畏和自我纵容的东西，不太规则的。现在我还是会因为读到一个细节而浮想很远，或者哭得很凶，这些感受，未必会在后续的思考和写作中被完全代谢掉。后面我当然会带着信息提取的研究习惯和逐渐形成的提问再去重读，等待想法成形。我好像一直能享受阅读本身带来的愉悦，代价就是真的写得很慢，这种"慢"好像也有点不合时宜。

如果"拥有文学生活"指的是，与文学有关的人、事物、生活方式在持续制造着日常的精神沉浸、情绪充盈和思想自由，或者能够在文学中找到安顿身心的方式，那么我的答案是，我一直非常拥有文学生活，并为此感到幸运。即使是在最落地的意义上，文学也一直是让我能跳出自我，去认识世界、走向他人的介质。在这个有些糟糕的时代，因为文学而获得的友谊，是我的日常生活里最宝贵、最坚固的部分，也是我愿意继续和文学站在一起的理由。

杨毅： 我大体能够理解你说的"作品"和"文献"的区别，这类似于"作品"和"文本"的区分。前者是倾注作家心血创造出日臻完善的艺术品，后者是可供拆解和解剖的动态过程中的样本。这显然是受到结构主义乃至后结构主义的影响，彻底颠倒了"作品"和"文本"的位置附属关系，使得作品让位于文献的优势地位，直至后者逐渐演变成为主导文学研究乃至批评的意指实践。

但就我自己的阅读实践来说，我首先会以普通读者而非"批评家"的眼光阅读文学作品。尽管众多理论带来"祛魅"效果，但文学作品独有的"光晕"未必消失，这不仅是指作品本身，而是与之相连的作家、读者等"人"的要素，简单地说，就是批评主体还能不能被文学感动。我想即便文学研究也不会把"作品"等同于"文献"，何况批评始终作为"在场"的学问，更不应放弃对文学的感受力，特别是对人心灵的触动。这和批评家应具备的专业素养并不冲突。以我的经验看，在主体在场中理解和分析文学作品，往往比客观冷静地解剖文本更令人信服。

我觉得"学院派批评"的要害不仅体现在论文对批评写作的影响上，还有思维方式的固化。如果我们用加工零件的操作流程来从事文学批评，那么科学算法取代艺术创造的时代其实已经来临。

行超： 在某种程度上，对于做当代文学批评的人来说，阅读当下的文学作品确实相当于阅读文献，但是文学批评不能将文学作品仅仅当作释义的对象、理论的佐证，更不能仅仅服务于所谓的学术。学院派批评容易走入的一个误区，是面对一部具体的文学作品，上来就判定它是后现代主义、女性主义、新历史主义或者什么主义，然后顺势展开对这种理论的阐释，以此代替对于文本本身的阐释。这样的文学批评，丧失了作为个体的审美感受力，而充满了"文学的偏见"。

您所说的"文学生活"对于培养和保持这种审美感受力特别重要。我的工作和批评写作要求自己大量阅读当下文学作品，但除此之外，我自己更倾向于阅读一些社科类书籍、游记、国外小说等，有的甚至与文学无关。我觉得批评家应该是一个整体的、热烈的人，他们生活在鲜活的现实中，不仅能够对文学作品发声，更将生活本身视为一种审美，能够感同身受地理解他人、洞察现实。在这个意义上，那些不带功利性、目的性的阅读，那些广义的"文学生活"，正是形塑批评家这个整体的人的重要途径。

刘诗宇：对于我来说，现在不仅阅读小说，就连看漫画、玩游戏都有阅读"文献"之感，我不仅担心失去"文学生活"，更担心整个"文艺生活"都离我远去……当然，这多少带一点玩笑的成分，我能选择生活在这些事物之中，就说明我热爱它们，别人的"文学生活"是日常的某个惬意瞬间，而我的"文学生活"就是生活的全部。

　　第3期的4位受邀者分别为沈闪（湖南大学中国语言文学学院）、吕彦霖（杭州师范大学人文学院）、蔡郁婉（中国艺术研究院《艺术评论》编辑部）、刘阳扬（苏州大学文学院）。以下为问答内容：

　　中文系的学术训练（比如文学史教育等）对你写作文学批评有无影响，有何种影响？

　　沈闪：中文系的学术训练对写作文学批评有无影响，这个问题的答案是肯定的。首先，多年在中文系进行论文写作及相关理论知识的学习，给我提供了大量且必要的学术训练，这是我成功进入高校并成为教研人员的重要基础。其次，系统而完整的中西方文学史教育，使我在对中西方文学史发展有宏观把握的同时，也促使我畅游在丰富的中西方文学理论中，它们都为我文学批评事业的开展保驾护航。再次，中文系的学术训练培养我形成严谨的逻辑思维与写作表达方式，启发我文学批评不能仅仅停留在简单的主观阅读体验与感想上面，还应该予以抽象化、学理化，注重批评主体的自我建构，用简洁流畅的文字表达自我观念的生成。最后，中文系的学术训练开阔了我的视野，打开了看问题的视角。在潜移默化中，也迫使自己建立起敬畏学术的态度，严格要求自己坚守专业精神、遵循基本学术规范，始终以一颗赤诚之心真诚地对待学术。

很难说在自我学术批评的发展过程中，哪种资源带来的影响最大，应该说，目前的学术批评是多种资源共同作用的结果。细究起来，在我学习撰写批评文章的漫长生涯中，中文系的学术训练、自觉的文献阅读、客座研究员制度都起到非常关键的作用。中文系学术训练的重要性如前文所述，此处略去不再赘述。自觉的文献阅读是指中文系学术训练之外，自己主动进行大量多学科、跨领域的文献阅读。在此过程中，学习模仿学术大家的思维方式、行文逻辑、文章架构和语言措辞。这是一个比较笨的方法，但无疑也最有效。客座研究员制度是指 2020 年我被聘为中国现代文学馆客座研究员，在为期两年的客座研究员生涯中，我和年龄相仿的同行多次参加议题丰富的学术会议，进入到中国当代文学的第一现场。中国现代文学馆客座研究员制度为青年学者提供了宝贵的平台和渠道，会集不同背景和学术方向的青年学人，促使不同观念的争鸣和交锋，对于形成自我批评风格具有很强的推动和促进作用。也正是在做客座研究员期间，我开始认真思考如何形成带有自身特色的学术批评格局。

吕彦霖：中文系的学术训练对于我写作文学批评的影响相当深远，总结起来，就是它在一定程度上塑造了我的阅读趣味，给予我一定量的理论工具，也影响了我在批评实践的操作路径。

在学习撰写批评文章的过程中，我觉得文本细读技术和文学史教育的影响最大。虽然在平时也会经常阅读理论书籍，但我还是本能地提醒自己远离"方法论的偏执",批评的本质是感受的交锋,而不是验证某种理论的普适性。因此每一次批评应该也必须是一次新的开始。批评文章的源头应该是自己最为真实的阅读感受——正如李健吾所说的,批评家应当赤身裸体地与文本搏斗。因此,我在写批评文章的时候一般会把文本认真读两遍以上,如果是一个有较长创作历史的作家,我倾向于在阅读作家的所有作品之后再说话。同时在完成以上步骤之前,我一般避免阅读已有的批评文章。在第一遍阅读的时候,我比较重视对文本叙事节奏和整体氛围的把握,第二遍更重视文本叙事逻辑和美学风格的把握。读完两遍,我才敢去对作品的价值和意义进行判断,尝试为之"赋形"。当然批评家的工作还不只是"赋形",还需要进一步"定性"。"定性"能力与文学史教育有关,作品在同类型序列中的位置,作品与所在历史情境互动相生,都需要文学史知识和自身的阅读经验作为参照系。正如黄遵宪的《杂感·大块凿混沌》一诗所写"五千年后人,惊为古斑斓"。《新文学大系·导言集》如今看来是现代文学的重要史料,但是在当时也属于"同代人批评"。批评家对于当下文学作品以及现象的评价,也有一定会构成后人文学史意识的组成部分。所以我觉得有必要在批评中尽力还原历史情境,在体察叙事美感的同时,揭示其引起读者共鸣的时代动因,从这个层面来说,批评家与文学史家实际上乃是异形同构的存在。

蔡郁婉： 就我个人的经验而言，中文系的学术训练是能使我的"读后感"转化为"批评"的关键。文学史的学习有助于批评者对文学发展过程形成认识；对大量的文学经典"按图索骥"式的阅读则帮助形成对文学作品优劣的评判标准。而这些最终都将体现在具体的批评之中。文学理论的学习则一方面使我获得了一些批评的理论"工具"，另一方面也训练了我的逻辑思维能力和理论化的表述方式。此外，重视文本/批评对象本身，紧扣文本、在文本细读的基础上展开批评的习惯也来自我在中文系的学术训练。

对我影响最大的资源是性别研究理论。孟悦与戴锦华合著的《浮出历史地表——现代妇女文学研究》对我在某种程度上来说是具有启示意义的。其中的研究方法与性别视角为我打开了进入女性主义文学批评的路径，并由此而开始接触以波伏娃《第二性》、凯特·米利特《性的政治》、张京媛《当代女性主义文学批评》等性别文化研究方面的著作。性别理论解答了许多我身为女性，关于女性生存、女性经验的困惑，也使我获得了一把进入批评的钥匙。借助这些理论，我的女性个体生命体验、阅读经验与批评者身份在"性别"这一维度得到了契合。但性别理论与性别视角也使我在进行批评时产生了某种惰性。一方面，我容易倾向于关注女性创作者的作品；另一方面，性别视角成为我在对作品进行批评时优先甚至是下意识就会采用的视角，关注批评对象如何处理与性别相关的议题，如其中女性形象的塑造、女性经验的传达等，甚至只是用性别理论去套用具体的批评对象。对性别理论的依赖使我产生了一定的局限性，往往难以看到批评对象的"全貌"，从而也忽视了批评对象在其他方面存在的优点与不足。

刘阳扬：常听有人说中文系不培养作家，不过现在中文系已经开始培养作家了。创意写作成为中国语言文学一级学科下设二级学科，这可能体现出中文系在育人方面的一种补充。中文系一向讲究传承学问、培养学术研究能力，现在也将文学创作纳入了培养范围。其实，中文系对文学创作的关注由来已久，据汪曾祺回忆，他的老师沈从文在西南联大上课时就开设文学创作课程，而他最早的小说亦是当时的课堂习作。

没有想到的是，当作家逐渐被纳入中文系的培养体系之后，这个问题轮到批评家来回答了。中文系的学术训练自然对我自己的批评活动影响很大，一方面，对理论资源的吸收培养了我文学批评的敏感度，学生阶段接触的文学理论课程和哲学类课程都为我日后的文学批评提供了重要的理论基础，也让我在接触作品时可能会自觉或不自觉地产生将其纳入某种理论框架的想法。另一方面是文学史的学习让我的批评工作拥有了历史维度，作品不是孤立存在的，也不仅仅是单个的文本或语言本身，作品需要在历史的坐标体系中才能凸显其独特的价值。

翻开朱自清在清华大学讲授文学史课程时使用的讲义《中国新文学研究纲要》可以发现，在讨论完诗、小说、戏剧、散文四大文体之后，最后第八章就讨论了文学批评的相关内容，这或许意味着新文学研究在进入大学课堂之初，文学批评就是其中不可忽视的重要一环。

在媒体批评与大众批评极度活跃的今天，学院派批评的专业性与必要性体现在哪里？

沈闪：20世纪90年代，随着电视、报纸、期刊的兴盛，以新闻记者为核心的媒体批评迎来它的兴盛时期。媒体批评借助电视、报刊等媒体自身的优势，具有传播快、传播范围广、娱乐性强、通俗易懂、反应迅捷、文风犀利活泼等多种特点。相较措辞严谨、学术规范严格的学院批评而言，"短、快、平"的媒体批评是完全不同于传统论文样式的批评文体，给当下批评界带来了很大的活力与生气。互联网出现以后，大众批评也逐渐活跃起来。大众批评与传媒批评有诸多相似之处，即它们都针对社会议题或公共事件发声，都需要借助媒体或社交网络等渠道来公开发布、广泛传播。在此意义上，媒介批评和大众批评具有社会监督的实际效用，能够对民众观念、社会道德、司法诉讼等起到一定干预作用，而且还能加强普通民众对公共事务的参与程度，培养大众的社会观察能力，增强民众的社会主人公意识和社会责任感。但与此同时，媒体批评和大众批评也存在很多显而易见的弊端。首先，作为一种大众传播方式，媒体批评和大众批评善于通过炒作、夸张等方式制造话题、噱头，来赢得普通民众的吸引力。这样的操作方式湮没了事件本身，往往使大众关注错了地方。其次，媒体批评和大众批评往往与消费、资本、流量密切相关，这促使批评并不纯粹，更注重"广告"和"宣传"效益。严谨批评标准和深入理性分析的缺席，致使媒体批评和大众批评文章浅显粗陋，很多只是情绪的宣泄。最后，媒体批评和大众批评缺乏一定的专业性，主观性和随意性较强，很多时候会误导读者，甚至产生恶劣的社会影响。媒体批评和大众批评的上述劣势，从另外一个方面凸显了学院批评的专业性和必要性。

尽管近年来学院批评因圈子化、精英化、话语权垄断等弊端招致来自社会各界的颇多非议，但学院批评依旧是当下社会必不可少、不容替代的重要批评方式。简单来讲，学院批评的专业性和必要性体现在以下几个方面：一是中西方理论加持。学院批评大多有丰富的中西方理论作为支撑，经受了较为系统的理论学习和培训。这使得批评者在理论的使用上比较娴熟，增加了批评的理论涵养。然而，对专业理论的过分强调和倚重，也会使学院批评陷入"故作高深""看不懂"的尴尬境地。二是专业性较强。学院派学者多身居高校体制，工作环境相对纯粹，外界诱惑和干扰较少，他们能够沉下来专心搞批评。而且，越来越细分的专业分类促使学者专注自己的学科专业方向，大大加强了学院批评的专业性。三是严谨规范的文体风格。学院批评需要遵循相对统一标准的学术规范，这保证了行文风格的连贯性和稳定性。实际上，任何一种批评都有其局限性，当然也无法单独满足社会对批评的需求。学院批评、媒体批评、大众批评三者之间并不是非此即彼的关系，而是相互补充。我们亟须建立多元互补的整体批评格局，在多渠道中真正实现批评的价值和功能。

吕彦霖：回答这个问题，我觉得还是需要回到"学院派批评"崛起的原初语境。"学院派批评"之所以能在最近20年发挥巨大影响，多半还在于其所承担的对抗庸俗社会学批评以及维持纯正文学品位的使命。在我看来，即使放在媒体批评与大众批评极度活跃的今天，这种使命仍然是被大众需要的，因为它始终试图为阅读者提供一个关乎文学作品终极价值的标尺。我本人并非"学院中心"主义者，也并不认为学历高低代表了认知水平的深浅。但是我始终警惕愈演愈烈的"价值相对主义"，诚然每个人有权选择自己所钟爱的文本，多元化本身就是文学现代化的追求。但是我们无法忽视在媒体批评与大众批评中较为常见的对作家作品的"断章取义"式宣传，以及基于一些外界因素为有问题的作品鼓吹和辩诬的现象，这些操作毫无疑问将败坏读者与作者的文学品位，最终导致文学的枯萎。相比之下，"学院派批评"一般会比较全面地在作家的创作生涯中认识作品，并且因为写作者的工作性质，相对地告别了商业用途的"短、平、快"，更接近调查记者的"专项报道"，而带有更多一点的长期主义倾向和理想主义色彩，在品质上相对更值得信赖。这是我认为它在当下仍旧为现实所需要的原因。

    蔡郁婉：在当下的全媒体环境中，人人可为批评者。除了刊发在传统纸媒上的评论文章，通过各种自媒体平台对文艺作品进行评论，乃至视频的弹幕、评论，都可以被视作发出批评的声音。但是这些批评为追求短、平、快，往往容易呈现碎片化、表面化、感性化的面目，有些甚至是观众／读者主观情绪的输出。可以说，其中优质的批评仍然较为缺乏，更难以触及艺术的本质。我认为优质批评在面对批评对象时，要能够从艺术本体出发，既发现其打动人的地方是什么，又指出其问题与症结之所在，甚至能够给出解决的路径。更进一步的，批评帮助创作者认识、理解创作的规律，也影响受众对作品的理解与接受，并最终落到艺术创作中，对创作实践产生促进作用。

    希望批评能够取得这样的效果，对批评者本身是有要求的。首先，批评者要对艺术具有敏锐的感受力，能够发现批评对象是否具有艺术性，是否值得批评；面对"不值得批评"的对象也能阐述其因何"不值得"，如何改进。这需要批评者在批评之前即已对该艺术门类中的典范作品进行了广泛的涉猎，已初步形成优劣的判断标准。其次，批评者要对批评对象所属的艺术门类有深入的认识，对其本体特征、发展历史及其现状等都有所了解。这样在进行批评时才能够将批评对象置于历史与专业的视野之中来探讨。以我在从事评论类期刊的编辑工作过程中所收到的批评类文章投稿来看，其中较为出色的文章往往不会将讨论局限于某一批评对象本身，而是从学术史的视野出发来探讨。这样既能避免对批评对象及其艺术门类做出武断、偏颇甚至错误的判断和评价，也能在行文过程中引用更多的旁证与批评对象进行比较与互证，使自己的观点更加鲜明突出。而这两点正是学院派批评者学术训练的范畴。再次，批评者要掌握一定的理论话语。基于艺术感受力与学科史视野对批评对象的认识可能具有一定的感性色彩，借助理论工具能使其能以理性与智性的方式表达出来，从而避免批评的表面化，完成对批评对象的学理性剖析。这种具有"智性"色彩的批评是学院派批评者的又一优势。最后，学院派批评者能够及时更新关于当下的创作环境、学科发展现状、前沿理论的知识，帮助其对批评对象提出更为新颖、准确的评判。

刘阳扬： 我注意到最近周明全主编了一套"当代著名学者研究资料丛书"，第一辑收录的是"第五代批评家"的研究资料。这些批评家都是我们的老师，是我们读书时所用教材的主编，他们经历了 20 世纪 80 年代的思想解放，并接受过系统的学术训练，也建立起了学院派的批评风格。我自己的批评工作的开启其实就是学习这些前辈教授的著作和批评文章，他们不仅提供了批评的多种可能性，更重要的是建立起了一种自觉的理性和反思精神，这就是批评的风骨。第五代批评家也曾面临 20 世纪 90 年代众声喧哗的场面，他们对"人文精神"的讨论至今仍然产生着影响。

当下我们面临着媒介高度发达的环境，媒体批评、大众批评甚至自媒体批评都热闹非凡，生成式人工智能也对批评的话语带来了新的挑战，而似乎日渐"式微"的学院派批评面临着"失语"的危机。我想，批评其实是一种个体的言说方式，是与作者和作品的对话，批评不能只有一种声音。批评群体的扩大、批评话语的活跃其实都是好现象，与最近文学的"破圈"一样，是文学受到更多关注的一种表现。而当下的学院派批评，尤其是青年批评家，在发出自己声音的同时，更重要的是在同代人之间建立起一种精神上的联系，以一种"共同体意识"去面临这个时代的精神危机。

在学院体制中，你会觉得写作批评文章是不"划算"的吗，会担心写作批评文章妨碍学者形象的建立吗？

沈闪：这个问题提得非常具有现实性，无形中暗示了当前"高校青椒"因"非升即走"而忽视文学批评的尴尬困境。随着学院体制越来越功利化、世俗化、唯论文和唯科研项目化，很多人会将批评文章的写作视为"不划算"或者"无用"。在我看来，传统意义上的批评文章本就是学术研究的一部分，尤其是对做中国当代文学研究的学者而言。对当代重要作家及其文学作品的评论或者对当代文学思潮的关注，都是学术批评的应有之义。换言之，撇开文学批评不谈，那学术研究将无施展之地。虽然文学批评和学术研究的范式、要求截然不同，但文学批评和学术研究并不是相互对立的关系，而是相互补充、相互促进发展。

此外，学者形象一定是多元的、丰富的，而不仅仅是单一化。对文学批评文章的过度轻视，反而会过犹不及，最终导致学者形象的窄化或泛化。长此以往，学者便不配称之为"学者"了。一言以蔽之，学者形象一定是在多种不同文体的文章写作中构建起来的。当前很多学者、大家，既能写得一手漂亮的有自我特色的文学批评文章，又能写得一篇逻辑严谨、行文规范、立论充足的学术论文，做起学术研究来也是丝毫不马虎。做学术研究或文学批评，切不可功利性太重。"两手抓，两手都要硬"，应该成为我们青年学者孜孜不倦、努力追求的方向，虽不能至，但心向往之。

吕彦霖： 不会觉得不"划算"，毕竟从出产量来看，批评的速度还更快一些（笑）。说正经的，我确实不会觉得不"划算"，因为如果想做出点深刻的学问，还是需要具备一种"打通"意识的。虽然我主要是教现代文学的课程，但是始终认为一切历史都是当代史。追怀故人与审视当下是一个互相连通的思维过程，教师如果希望跟学生共鸣，肯定要了解他们所面对的文学世界。因此，阅读和写作文学批评就是一条无法回避的道路。与此同时，如果说现代文学研究重视史料、强调逻辑，文学批评则有利于强化感受能力，对于以文学研究为志业的人来说，这两点都必不可少。从提升自我的角度来看，写作批评也是很"划算"的。

　　基本不会担心写作批评文章妨碍学者形象，因为在我的观念里，研究和批评从来不是对立关系，更没有阶层高下之分。不是说研究就高级，批评就低级，一切还是要看质量说话。我自己是做现代文学研究出身，在我看来，批评文章因为即时性这个特点，它对写作者的要求甚至比研究更多。首先是精密犀利的感知能力，其次是广博厚实的文学史意识，最后是堪比创作者的文字表达能力。按照鲁迅的说法，他移居上海景云里后不再做教师的原因是研究需要冷静，写作需要激情，两者同时便会作冷作热，十分难受。而好的文学批评恰恰是诸多相生相克的才能被强大内力捏合的产物，能够展现出如此内力，应该是学者形象的加分项而不是绊脚石吧。

　　刘阳扬：因为自己的职业是教师，教学活动是日常工作的中心，所以写文学批评确实不是我的主业。其实现在似乎并没有职业的批评家，国内外从事文学批评的人往往都有自己的工作，他们可能是学者、编辑或者出版人。在作协和文联体系内确实有一些职业批评家，但是他们也承担了很多其他繁杂的行政工作。所以可能对于大多数批评家来说，文学批评活动都在本职工作之外。在大学中文系从事文学批评工作的，一般为现当代文学或是文艺学专业的教师，而现当代文学和文艺学，在整个中文系学科体系内部，本来就不是优势学科，文学批评更是主流之外的文学活动。在当下的成果评价体系中，批评文章常常可能被划出"成果"之外，这看起来确实不是很"划算"。

可是，文学，乃至人文科学，或许是不能用"划算"或"不划算"来进行评判的。一直有很多人追问文学有什么用，读中文系有什么用，对这个问题也曾引发过数次讨论。不过现在，我尴尬地发现，文学居然变得"有用"起来。文学专业因为有利于考公、考编，一跃成为仅次于法学的文科类热门专业，高考和考研分数线节节攀升。在考试中失利的学生，也要通过转专业、辅修第二学位等方式"接近"文学。或许，多年以前一起读着诸如"读中文系的人"这样的文章的我们，很难想到文学居然还能变得"实用"起来。

在文学渐渐开始变得"有用"的当下，"不划算"的文学批评或许更加珍贵了。对于我来说，文学批评是接近世界的一种方式，是看到所处世界之外的另一个世界的一个窗口，也是与自己身处的世界进行对话的绝佳角度。文学批评其实是一种令人心动的"相遇"，一种表达的欲望和诉说的冲动，当然，也需要独立的审美标准与批评立场，文学批评是与自己的一场对话。

论文文体有没有影响到你的批评写作？你理想中的批评文体是怎样的？

沈闪：这个问题与第三个问题相关，但角度刚好相反。论文文体和批评写作是两种不同的文体，在进行学术研究中，应该具有鲜明的文体意识，不可混为一谈。作为写作者，我们应该具有选择文体类别的自觉性，当需要论文文体时就要使用论文文体，需要批评写作时就选择批评写作。论文文体与批评文章既相互独立，又相互影响。长期的论文写作对批评写作产生影响是必然的，但这种影响仍旧还在可控范围之内。从长远发展来看，论文写作与批评文章应该共同促进个人写作能力的增长。

每个人都有自己理想中的批评，姑且就此谈谈自己简单的看法。健康的批评切忌移植和推演理论，应该聚焦社会现实、体察人性。好的批评应该来自写作者个体的生存体验和切实的情感体悟。我平时的研究方向是非虚构文学，在研究的过程中，非虚构作家"行动""沉浸式在场"的写作态度深深感染着我，对我当下的研究工作也有很大启发。因此，不管是学术研究，还是文学批评，我都希望自己未来能够将书斋苦读与田野调研紧密相结合，不仅读书万卷，更要行万里路，以写出真正有痛感、有真知、有力量的批评文章。

吕彦霖： 论文文体对于我写批评还是有影响的，举一个发生在我身上的例子。两年前，我写了一篇"新东北作家群"的批评文章，并向一个偏重于批评的学术刊物投稿，刊物的编辑老师在决定采用之后通知我把摘要、关键词和引言删除，在文章的开头直接提出自己的观点就好。我因此知道批评的规则是优先突出自身的判断与观念，而不是通过一系列的梳理确立自己研究的必要性与意义。同时，因为长期写作论文，我自己对于文章各部分的逻辑关系的紧密性，有一种强迫症式的执念，对于任何跳跃性的论述如临大敌。但是在批评时，这种过分拘束的心态似乎会影响到情绪和感受的流转，导致批评难以生动起来。

我理想中的批评文体，其实类似于旧文学传统中的"诗文评"，这种体式的现代继承者则是李健吾，他收录于《咀华集》和《咀华集·咀华二集》中的文章都是这种批评文体的理想样本。在我看来，理想的批评文体应该具备即时性，同时也要具备"首战即终战"的恒久性。它应当富有逻辑、充溢文学史意识、展现精微的细读水准，甚至能发现作家潜藏于其中的内在动机。与此同时，它还必须具备文学创作的文字质感，能够做到展现思想的光芒却不令人望而生畏，深刻又不乏韵味，可以以美文视之。

蔡郁婉：理想的批评应当是在历史与文化的视野下，以理论为基础，从批评对象出发并能触及艺术的本质，指出批评对象的长处和问题所在，从而对作品的受众和创作者产生影响，并进而对创作实践产生影响。仍然以我在实际工作中收到的文章为例，我认为当下的批评类文章较多存在的问题可大致归为两种。一种是批评者尚未将自己的感受进行沉淀和深化便急于成文。这样的批评有的较表面化和碎片化，感性色彩较浓，未显出学院派批评的"智性"优势；有的则有较多空话、套话，甚至生硬地搬用当下的一些文艺政策话语，批评不能落到实处，远离了批评对象本身。另一种是一些批评者过多依赖理论话语，一方面可能形成某种套路，即先有理论工具，在批评对象上寻找与此理论相契合的地方，再对此进行批评；另一方面，一些学院派批评在使用理论话语时则陷入了封闭式的怪圈。批评止步于使用各种理论话语"自说自话"，甚至大量使用诘屈聱牙的理论词汇。某种程度上说，这种批评是一种学院派的话语"狂欢"，它既与创作实践相隔离，也难以对文艺作品的受众产生影响。当下的学院派批评应当寻找某种"破圈"的途径。优质的批评固然是以理论为其基础的，但当下的学院派批评或许应当寻找一种写作风格或是文体，它既是以理论为基础来对批评对象进行触及其艺术本质的、学理化的剖析，同时使用的语言又是学院派之外的"普通人"所能够理解的。这样才能够有效地发挥学院派批评的长处，达到批评的最终目的。

刘阳扬：现在批评家写出来的文章其实大众读者并不爱读，他们更喜欢作家的创作谈，这或许就涉及批评文章的"论文化"问题。我自己的批评文章也不免受到论文文体的影响，我也希望能通过调整形成一种新的文学风格。作家伍尔夫将自己的大部分评论文章都收入了两本名叫《普通读者》的文集中，文集的开头引用了18世纪英国作家约翰逊博士的一段话来说明书名的来源："能与普通读者的意见不谋而合，在我是高兴的事；因为在决定诗歌荣誉的权利时，尽管高雅的敏感和学术的教条也起着作用，但一般来说应该根据那未受文学偏见污损的普通读者的常识。"
或许这种文学批评的写法是我希望接近的，即在一定程度上摆脱
"影响的焦虑"，从"普通读者"的角度，真正回到文学本身。

**身为"批评家"，阅读"作品"会有意无意地等同于阅读
"文献"吗？你是否还拥有文学生活？**

沈闪：文学作品作为学术研究的对象，应该属于原始文献之
一种。不管是做批评文章，还是做学术研究，阅读文本永远都是
基础性工作。如果前期文本阅读不充分，那么在后续写作的过程
中，就会人云亦云，缺乏真知灼见。这样炮制出来的学术文章，
只能视之为"垃圾"。当然，也不能将文学作品的阅读简单等同
于文献阅读，因为这样会删减掉很多阅读的乐趣，丧失了文本阅
读最本真的快感。还是前面说的，文学阅读和学术研究都不能目
的性太强。

文学生活是多方面的，作品阅读只是其中之一。如果仅仅
因为作品阅读的缺少而丧失了文学生活，那可实在太可惜了。
除却文本阅读，我们还可以通过定期参加读书会、观看文学作
品改编的影视作品、参加学术研讨活动等多种方式来充实自己
的文学生活，通过多种途径开阔视野，让自己的文学生活变得
丰富多彩。

　　吕彦霖： 对于我来说，一般不会把作品视为文献，至少在第一遍阅读的时候不会这样。李健吾在《爱情的三部曲——巴金先生作》中谈及批评者的守则，认为"批评之所以成为一种独立的艺术，不再自己具有术语水准一类的零碎，而在具有一个富丽的人性的存在"。这种"富丽的人性"毫无疑问是排斥学术生活中的科层制气质的，因此难以通过重复、枯燥的生产心态开掘成功。在我看来，"有趣"与"生动"是批评可读的底线，批评可以偏颇，可以生涩，但是不可以充满流水线气息。

　　我如今还拥有文学生活，因为我在很多时候把文学看作生活的避难所。我认同双雪涛的说法——文学是在无法真正解决问题时解决问题的唯一方式。文学应该是另一个自我的诞生地和理想国，虽然这种说法有点老旧，但是我确实这么认为。所以非常不愿意以一种例行公事的态度去对待文学，甚至我很希望在写作批评和进行研究时具有两副笔墨，把自己跳脱放肆的一面呈现在批评的过程中。同时，我其实一直有"写作梦"，有剧本登上过《中国作家》，而且拿到过文学奖，一直是我非常珍视的记忆。这几年我一直谋划着能够写一部关于"疍民"这个群体百年沉浮的长篇小说，名字都已经取好，甚至我平时看各种小说，都会不自觉地学习作者在叙事节奏、人物刻画、桥段转折等方面的经验，想着将来自己搞创作的时候可以借鉴过来。在我的认知序列中，失去文学生活是比不做批评更不可接受的。

刘阳扬：我现在的文学阅读主要分为两个部分，其中一个部分是"重读"，这种阅读主要是教学工作的需要。"重读"的过程也常常带给我新的惊喜，让我发现许多此前没有发现的细节。卡尔维诺在《为什么读经典》中总结了十几条有关经典的特点，其中写道："经典作品是一些产生某种特殊影响的书，它们要么本身以难忘的方式给我们的想象力打下印记，要么乔装成个人或集体的无意识隐藏在深层记忆中。"很多作品带着时代和历史的印记走来，随着文化环境和个人经历的变化生发出新的意义。卡尔维诺还提到经典作品和批评的关系："它不断在它周围制造批评话语的尘云，却也总是把那些微粒抖掉。"从这个方面来看，或许我们的批评工作只是在制造会被"抖掉"的微粒，但在穿越尘云的过程中，又何尝不会有新的经验和审美的生成呢？

除了"重读"之外，阅读"新作"或许就是批评工作不得不面临的问题了。从这一角度来看，"作品"确实变成了"文献"。但这种阅读活动本身是有意义的，一方面通过去伪存真，发现好的作品；另一方面与同行交流对话，更新自己的理论认知和美学敏感。我觉得现在许多青年作家的作品是很新鲜的，在某种程度上一直在打破惯有的认知，也给文学带来了活力，阅读这样的作品，依然能提供审美上的美好体验，这也是一种有意义的文学生活。